UND ALLES IST NUR ILLUSION

Axel Michael Sallowsky

UND ALLES IST NUR ILLUSION

Zwei Novellen

Impressum

(c) 2021 Axel Michael Sallowsky
AMSA
amsafrance@gmail.com

Herstellung und Verlag:

BoD – Books on Demand, Norderstedt

ISBN: 978-3-7526-8396-7

Inhalt

Das Mittel

Eine fast wahre Geschichte

In einer schnelllebigen und so sensationslüsternen, sich von Tag zu Tag immer mehr beschleunigenden und zugleich hin und wieder auch aus sich selbst herausfallenden Zeit wie der heutigen, in der sich im Minutentakt weltweit die aufregendsten und traurigsten, die schönsten und die hässlichsten Dinge ereignen, ja, in dieser Zeit, in der alle Medien rund um die Uhr die grausamsten Geschichten über Krieg und Terror, über riesige Flüchtlingsströme, über gewaltige Naturkatastrophen und über unendliches Leid der Menschen gnadenlos ins Auge, ins Ohr und ins aufgewühlte Bewusstsein von Milliarden Menschen transportieren, da kann es natürlich nicht ausbleiben, dass einige bedeutsame und weltbewegende Ereignisse und deren Handlungsträger vorübergehend in Vergessenheit geraten oder gar für immer im Papierkorb der Geschichte verschwinden. Aber das scheint normal zu sein im wilden Fluss der modernen Zeit und typisch für das durchlöcherte und so leicht manipulierbare Gedächtnis des heutigen Menschen so ganz allgemein.

Das hatten bereits so weise Männer wie Platon und Sokrates und einige ihrer gelehrigen Schüler erkannt, doch leider fanden nur wenige ihrer philosophischen Erkenntnisse über die Spezies Mensch und über deren verhängnisvollen geneti schen Defekte Eingang ins Gehör, in den Geist und in das Denken, vor allem jedoch (was schwerwiegender ist) nicht in das soziale und moralische Verhalten nachfolgender Generationen.

Doch das ist ein anderes, ein äußerst heikles Thema, wissen doch mittlerweile selbst konsequente Ignoranten von historischen Fakten und Wahrheiten, dass nicht aufgearbeitete oder auch wissentlich (zum Beispiel aus politischen und nationalistischen Motiven) falsch interpretierte Geschichte stets der fruchtbarste Nährboden gewesen ist und das auch bleiben wird, auf dem diabolische Ideologien von Tyrannen wie Nero, Hitler, Franco, Mussolini, Stalin und deren heutige demagogische Erben bestens gedeihen. Man denke hier nur an die einst von der deutschen Heeresleitung und von einigen Politikern nach dem verlorenen 1. Weltkrieg gestrickte und von den Nazis (und von Millionen Deutschen ebenfalls) mit Kusshand aufgenommene „Dolchstoßlegende" oder an die nach dem 2. Weltkrieg aufgekommene „Auschwitz-Lüge", die sich in den verkrusteten Hirnen vieler Deutschen als historische Realität fest gekrallt hat. Und man denke auch an die Vielzahl dubioser, abwegigster Verschwörungstheorien, die immer wieder mal und ganz besonders in Krisenzeiten durch die Welt geistern und – man staune – in allen Generationen stets begeisterte Anhänger finden.

Muss man sich dann noch wundern, wenn es einem kranken, von Tag zu Tag noch kränker werdenden Zeitgeist gelingt, die Welt und damit die gesamte Menschheit immer wieder in gigantische Sinnkrisen, in Natur- und humanitäre Katastrophen und alle Jahre wieder in immer noch größere politische Tragödien zu führen?

Und weil das so ist und sich daher am geistigen Zustand der jeweiligen Gegenwart kaum etwas ändern wird, kehren wir doch lieber ganz rasch zur Lebensgeschichte jenes Mannes zurück, um den es hier eigentlich geht. Es ist eine unglaubliche Geschichte, die eindrucksvoll aufzeigt, dass der Geist des Menschen in vielen Generationen zwar immer wieder in der Lage ist, Wundervolles auf allen Gebieten der Wissenschaft, der Technik, der Kunst und derart vieles mehr zu vollbringen, dass aber dieser großartige „Menschengeist" eben nicht „groß" genug ist, um den selbst, also aus reiner Profitgier verursachten Untergang der Erde noch verhindern zu können. Was vermuten lässt, dass ein gewisses, vielleicht sogar das allerwichtigste Teilchen bei der „Erschaffung des Menschen" aus Versehen oder (von der Evolution?) absichtlich an der falschen Stelle im menschlichen Hirn befestigt worden oder im Weltenraum für alle Zeiten verloren gegangen ist.

Aber kann sich die Evolution (die uns doch immer wieder neue Seins-Rätsel aufgibt) überhaupt so sehr irren wie es zum Beispiel hin und wieder auch Philosophen tun, wenn sie sich auf die mühselige Suche nach den „letzten Wahrheiten aller Dinge" begeben?

Doch nun wirklich zur Sache und Hand aufs Herz: Wer in Deutschland, in Europa und im fernsten Winkel der Welt, ja, wer erinnert sich zum Beispiel noch an den Erfinder, Forscher, Humanisten, bekennenden Utopisten und Pazifisten André du Bois-Chevalier, der doch vor wenigen Jahren noch einer der markantesten und auch beliebtesten Persönlichkeiten des 20. Jahrhunderts gewesen war? Sie vielleicht?

Na ja, wie auch immer.

Und daher zur Erinnerung: André du Bois-Chevalier war ein deutscher Erfinder hugenottischer Abstammung, ein genialer Tüftler, ausgestattet mit einem hohen Ethos, stets getrieben von dem Wunsch und getragen von der festen Überzeugung, dass er selbst und alle seine Kollegen aus der bewunderten wie bisweilen auch etwas belächelten und verspotteten Erfinder- und Forscher-Zunft ihre Begabungen, ihr Genie, ihr Können und ihre Erfahrungen ausschließlich dazu nutzen sollten, allen Menschen auf Erden das tägliche und so mühevolle Leben zumindest ein ganz klein wenig zu erleichtern und nicht länger mehr nur die Interessen der Reichen und einiger globaler Großkonzerne zu vertreten und deren krankhafte Gier nach noch-noch-noch mehr zu befriedigen.

Es war André du Bois-Chevalier natürlich bewusst, dass er sich mit dieser Einstellung gegen die heiligsten Prinzipien des Kapitalismus und gegen dessen inhumanen Geist versündigte, dem es (welch diabolische Binsenweisheit), doch allein darum geht, immer nur Gewinne zu machen und diese stets und gnadenlos zu maximieren, wobei alle moralischen Maßstäbe und ethischen Gesetze selbstverständlich missachtet und immer wieder außer Kraft gesetzt werden. Der Gedanke vom *Ideal* (Erschaffung einer besseren Welt) reimt sich nun einmal nicht auf die Worte *real* und *Kapital* (Ausbeutung der Menschheit bis hin zur Zerstörung des Planeten). Als Folge dieser Unvereinbarkeit spielen daher in der von Profitgier und von Zynismus geprägten Welt eines inhumanen Kapitalismus die von Tag zu Tag zunehmenden unwürdigen Lebensbedingungen von Milliarden Erdbewohnern zwangsläufig eine untergeordnete Rolle. Die gesalbten Versprechungen der Politiker in West und Ost, in Nord und Süd, endlich Abhilfe zu schaffen, sie platzen wie Seifenblasen und erweisen sich letztlich und immer wieder als verlogene Lippenbekenntnisse im schmutzigen und lebensfeindlichen Smog von Raum und Zeit, von *Plus* und *Minus* in den permanent gefälschten Bilanzen der globalen Großkonzerne, deren Vorstands-und Aufsichtsratsvorsitzenden (selbstverständlich behangen mit glitzernden Verdienst-Orden aller Arten) sich genüsslich in ihren teuren

Ledersesseln räkeln im Bewusstsein, die weißesten aller weißen Westen unter ihren edlen schwarzen Armani-Anzügen zu tragen.

Allein der Besitz und das Tragen solcher „weißen Westen", die die Schwärze ihrer betrügerischen Verkaufspraktiken überdecken soll, das löst (wer staunt noch darüber?) im emotionalen und im sozialen, im wirtschaftlichen und politischen Handeln dieser Herren etwas aus, das an Größenwahnsinn und an einen nicht mehr zu überbietenden Zynismus grenzt. Für diese ehrenwerten Herren an den Schalt-Hebeln der politischen und wirtschaftlichen Macht ist allein schon ihr physisches Vorhandensein in den Chefetagen der Multis der eindeutige, damit also auch unwiderlegbare Beweis dafür, dass ohne sie „nichts läuft" im Weltengefüge unserer Zeit, dass ihr Anspruch als Herrscher über die Erde und über das Schicksal der Menschheit daher absolut korrekt und damit auch vor Gott gerechtfertigt sei. Das entspricht exakt dem abstrusen Geist und der schwarzen Philosophie des modernen Kapitalismus, der sich gefällt in der Rolle eines eitlen und skrupellosen Tanzmeisters, nach dessen perfider Choreographie die Super-Reichen und Großkonzerne extatisch um das Goldene Kalb tanzen, bis sie sich in ihrer Gier völlig überfressen haben und zeitgleich mit dem Goldenen Kalb elend zugrunde gehen. Und da sie nun einmal ihre Gefräßigkeit nicht in den Griff bekommen, wird ihnen dieses klägliche Schicksal auch nicht erspart bleiben. Eine Fluchtmöglichkeit aus der selbst erbauten Hölle des langsamen Erstickens und qualvollen Sterbens im vergoldeten Reichtum gibt es nicht.

André du Bois-Chevalier war, trotz der täglichen Konfrontation mit diesen für ihn bitteren Wahrheiten, dennoch davon überzeugt (er glaubte eben fest an das Positive im Konzept der Evolution und des sich ständig erweiternden Geistes und an das Erwachen eines höheren sozialen Bewusstseins), dass es eines Tages „weisen Männern und klugen Frauen" gelingen wird, eine neue Welt mit idealeren Lebensbedingungen für alle Menschen zu erschaffen und die dann noch vorhandenen Bodenschätze und alle übrig gebliebenen Reichtümer gerechter als bisher unter den Völkern auf diesem wundervollen Planeten verteilen zu können.

Das war das Credo dieses außergewöhnlichen Mannes, das war sein ehrgeizigstes Ziel als Erfinder, dem er sich über drei Jahrzehnte lang verpflichtet sah, selbst noch über jenen für ihn so schicksalhaften Tag hinaus, an dem ihn ein internationales Geschworenengericht unter Vorsitz der USA in Nürnberg zwar nicht zum Tode, doch dazu verurteilte, nie wieder eine Erfindung machen zu dürfen, die das politische und das wirtschaftliche, das gesellschaftliche und das militärische Gleichgewicht in der Welt, vor allem jedoch das Denken der Menschen so leicht und so rasch durcheinander bringen könnte, wie es ihm mit seinen beiden letzten Erfindungen vorübergehend gelungen war.

Doch zunächst ein kurzer Blick zurück in die ungewöhnliche Kindheit und auf den dann folgenden, nicht weniger außergewöhnlichen beruflichen Werdegang dieses Mannes, dessen Genialität und vielfältigen Begabungen sich bereits im Kindesalter zwischen drei und acht Jahren so auffällig gezeigt hatten, dass eigentlich kein Mensch mit ein wenig Verstand und offenen Augen im Kopf diese Begabungen hätte übersehen können.

Doch seltsam: Seine ansonsten sehr aufmerksamen und vor allem sehr ehrgeizigen Eltern (der Vater war Physikprofessor an der Universität Hamburg, die Mutter unterrichtete Französisch und Biologie an einem traditionsreichen hanseatischen Gymnasium) hatten von all dem nichts mitbekommen, obwohl sie ihren Sohn sehr liebten. Trifft hier die Formel zu, dass Liebe blind macht, besonders dann, wenn sich dieser Liebe eine gehörige Portion krankhafter Ehrgeiz hinzu gesellt?

Wie auch immer.

Wenn es nach dem Willen dieses nach Musik verrückten Elternpaares gegangen wäre, dann hätte ihr Sprössling ohnehin niemals ein Erfinder auf technischen Gebieten oder ein Wissenschaftler (wie der Vater) werden dürfen, hatte sich in ihrem krausen Wunschdenken doch der Gedanke festgesetzt, dass der kleine André gefälligst ein Wunderkind am Pianoforte und in der Komposition zu sein habe.

Sie waren zu dieser zumindest für sie absolut logischen Überzeugung gelangt, weil sich André als Dreieinhalbjähriger völlig überraschend eines Tages aus freien Stücken an den großen, stets auf Hochglanz polierten Bechstein-Flügel im Salon seines Elternhauses gesetzt hatte (die Mutter wollte mal Pianistin werden, kam jedoch über leichte Etüden von Clementi nicht hinaus) und mit seinen kleinen Fingerchen etwa eine halbe Stunde ganz behutsam die Tastatur zu erspüren begann, dann zwei drei Minuten inne hielt, seine Augen schloss, gerade so, als würde er aufmerksam und ganz still in sich hinein horchen, um in seinem Kopf nach Tönen, nach Akkorden und nach dazu passenden Harmonien zu suchen. Plötzlich flogen dann seine Hände beherzt und so sicher über die achtundachtzig schwarzen und weißen Tasten hinweg, als wäre er mit jeder einzelnen Taste inniglich vertraut, als hätte er bereits viele Jahre Klavierunterricht gehabt und die Leichtigkeit seines Spiels geradezu eine Selbstverständlichkeit sei.

Heraus kam dabei eine recht anspruchsvolle, vierminütige Komposition, wie sie vielleicht einst Chopin in jungen Jahren der Welt geschenkt hatte. Was der kleine André da dem Instrument urplötzlich, also wie „aus heiterem Himmel", zu entlocken vermochte und was da so schön im Raum erklang, das grenzte wahrlich an ein musikalisches

Wunder. Dieses so leicht und wie selbstverständlich aus einem geheimnisvollen Genie-Quell oder aus reinem Zufall in die Welt geschlüpfte kompositorische Erstlingswerk hatte seine heimlich lauschenden Eltern jedenfalls so sehr entzückt und auf die abstruse Idee gebracht, aus ihrem André unbedingt einen neuen Amadeus machen zu wollen.

Sie begannen zu träumen und gefielen sich in diesen Träumen bereits so sehr, dass es für sie nur eine Frage der Zeit sein konnte, bis sich ihr Traum auch erfüllen würde. Was Leopold Mozart für seinen Sohn Wolfgang war, das wollten nun die Eltern auch für ihren André sein. Sie waren bereit, alles von sich her zu geben, damit sich ihr Traum von der Ankunft eines neuen Mozarts erfüllen konnte. Sie gingen so weit, ihren Sohn nun nicht mehr André, sondern Amadeus zu nennen und ihn so auch anzusprechen.

Sein „Opus 1" (wie es die Eltern freudetrunken nannten) war in ihren Ohren der absolute Gottesbeweis für das Vorhandensein seines außergewöhnlichen musikalischen Talents. Also gaben sie, getrieben von allergrößten Erwartungen, ihr musikalisches „Wunderkind" in die Obhut zweier damals namhafter, sehr erfahrener Pädagogen für Klavier und Komposition am ehrwürdigen Hamburger Konservatorium.

Nach anfänglichen, sogar recht bemerkenswerten Fortschritten am Instrument selbst (bereits mit kleinen Auftritten in vornehmen Hamburger Salons) und in der hehren Kunst des Komponierens stellte sich dann aber nach zwei Jahren intensiven Unterrichts heraus, dass der kleine André zwar über ein außerordentliches musikalisches Potenzial – sowohl am Piano als auch für das Komponieren – verfüge, das fraglos sehr weit über dem Durchschnitt läge, dass seine Begabung dennoch nicht ausreiche, um auch gleich ein neuer Mozart werden zu können.

Man muss es Ironie des Schicksals nennen, dass die Lehrer von André (beide verfügten über langjährige pädagogische Erfahrungen und genossen internationalen Ruf) die eigentliche Ursache für den plötzlichen Stillstand in der musikalischen Entwicklung ihres hoch talentierten Schülers nicht erkannten. Es war nämlich keineswegs ein Mangel an Talent (wie seine Lehrer seltsamerweise diagnostizierten), nein, es hatte einen völlig anderen, von den beiden Professoren seltsamerweise nicht für möglich gehaltenen Grund: Als der kleine André eines Tages in einer äußerst sensiblen Phase seines Kind-Seins erkannt hatte, dass seine Eltern aus ihm unbedingt einen neuen Mozart machen wollten, ihn zwangen, täglich bis zu neun Stunden zu üben, da begehrte er auf und begann auf seine Weise, sich dem strengen Diktat und damit dem Traum seiner Eltern vehement zu verweigern: Er spielte absichtlich falsch, ja, es bereitete ihm eine große, sogar diabolische Freude, längst „fertige", also bereits konzertreif erarbeitete Etüden von Szerny und von Clementi, schwierigste Sonaten von Haydn, Mozart, Beethoven und Schubert so flüchtig, mit diversen „Verspielern" gespickt auf der Tastatur und im Rhythmus zu spielen, dass seine Lehrer tatsächlich glauben mussten, dass es sich hier nicht um eine nur vorübergehende „Störung" in der Psyche ihres Schützlings handelt, nein, sie kamen überraschend zu dem Schluss, dass es eine weitere positive musikalische und pianistische Entwicklung für ihren Meister-Schüler nicht mehr geben könne. Da stellt sich mal wieder die gewiss oft gestellte Frage ein: Wie viele Mozarts, Beethovens, Schuberts, wie viele Chopins und Mendelssons mögen der Menschheit und der Musikgeschichte nur deshalb verloren gegangen sein, weil sich auch Experten immer wieder mal geirrt oder das Talent und Genie ihrer begabten Schüler falsch eingeschätzt haben. Wie auch immer.

Diese plötzlich auftauchende Erkenntnis und nüchterne Prognose seiner musikalischen Erzieher schockte jedenfalls Andrés Erzeuger so heftig, dass sie von einem Tag zum anderen alles weitere Interesse an ihrem bis dahin vergötterten Sohn verloren. In ihren Augen war André ein Versager und für sie daher von einem Moment zum anderen einfach nicht mehr vorhanden.

Solche Eltern, die süchtig, geradezu krankhaft auf Karrieren ihrer Kinder bedacht sind, die ihnen das

Schicksal selbst verweigert hatte, ja, solche Eltern gab es zu allen Zeiten und wird es wohl auch immer wieder geben. Von der dadurch sich zumeist einstellenden Blindheit gegenüber der Realität wollen solche Eltern natürlich nichts wissen. Aus diesem Grunde war es den Eltern des kleinen André auch nicht vergönnt zu erkennen, dass ihr einziges Kind sehr wohl so etwas wie ein Wunderkind war, nur eben auf völlig anderen Gebieten, die sich außerhalb ihrer kulturellen, wissenschaftlichen und musikalischen Interessen, vor allem jedoch jenseits ihrer vielfältigen gesellschaftlichen Ambitionen befanden.

Seine Eltern waren also bis zum letzten Moment so besessen von ihrem durch ihren Sohn zu erfüllenden Mozart-Traum, dass sie tatsächlich nichts von seiner eigentlichen und wahren kindlichen Persönlichkeit erkannt, von der geistigen und psychischen Entwicklung und vom Vorhandensein anderer in ihm schlummernden Talente auch nichts mitbekommen konnten. Das ist, welch bitterer Trost oder Ironie des Schicksal, der böse Fluch im Dasein eines jungen und verkannten Genies.

So baute sich der Sohn, der beschlossen hatte, kein Mozart werden zu wollen, zum Beispiel im Alter von acht Jahren (worüber andere Eltern gewiss sehr stolz gewesen wären) einen perfekt funktionierenden Radioapparat – und das alles ohne jegliche Anleitung durch Erwachsene und auch ohne jedwede Hilfe durch das Studium entsprechender Fachliteratur.

Selbstverständlich gab es schon sehr früh und vor seiner Zeit Radiogeräte in der Welt. Das erste Radio, das er als Vierjähriger eines Tages erblickte und bestaunte, das war ein „Volksempfänger", einst der allerbeste und millionenfache Vermittler einer teuflischen deutschen Ideologie (am deutschen Wesen soll die Welt genesen) und heute ein verstaubtes und kaum noch beachtetes Museumsstück unter vielen ähnlichen elektronischen Erfindungen aus jener und aus der heutigen Zeit.

Aber keiner der bereits vorhandenen und ihn bisher so faszinierenden Apparate, aus denen Menschenstimmen und wundervolle Musik ertönten, konnte sich mit dem von ihm erdachten und eigenhändig gebauten Gerät vergleichen. Er war übrigens (mal so ganz nebenbei gesagt) bis zu seinem achten Lebensjahr fest davon überzeugt, dass im Innern eines jeden Radioapparates kleine Männchen und süße Weibchen leben und auf klitzekleinen Instrumenten allein nur für ihn Musik machen und ihm abends vor dem Einschlafen auch noch die schönsten Märchen aus uralten Zeiten erzählen. Er hatte diesen Traum des Märchenerzählens für sich erfunden, weil seine Eltern ihm kein einziges Mal vor dem Einschlafen eine Geschichte aus seinen Lieblingsbüchern vorgelesen haben, wonach er sich so sehr gesehnt hatte.

Und so blieb dieser kindliche Wunsch eben nur ein Traum.

Wie viele andere Träume, so platzte in ihm auch dieses wundersame Kinderbild von den kleinen Menschen im Radioapparat in dem Augenblick, in dem er überraschend das Bedürfnis in sich verspürte, sich selbst ein Radio bauen zu wollen, wobei er zwangsläufig entdecken musste, dass sich im Innenraum eines Radios eben keine kleinen Männchen und Weibchen aufhalten, sondern dass sich im Gewirr von vielen Drähten ausschließlich höchst sensible und rätselhafte technische Installationen aller Arten befinden.

Der signifikante Unterschied zwischen den bereits vorhandenen Radioapparaten und seinem Modell bestand allerdings darin, dass es allein schon durch das bloße Berühren mit seinen Fingern an einer bestimmten Stelle ein-und ausgeschaltet werden konnte. Aber nicht nur das: Er konnte sein Radio zusätzlich auch noch mit seiner Stimme an und wieder ausschalten, er musste nur „An" oder „Aus" rufen. Sein Radio gehorchte ihm aufs Wort. Wenn er also dem Gerät den Befehl zum An-oder Ausschalten erteilte, dann tat er das stets mit sehr hoher Stimme in einer Frequenz, die nur ihm bekannt war. Was zur Folge hatte, dass niemand außer ihm dieses Radio benutzen konnte, was in ihm ein schelmisches Entzücken auslöste. Ohne es geahnt oder gewollt zu haben, hatte der junge Erfinder bereits damals den Vorläufer für das gefunden, was heutzutage jeder Besitzer eines Computers unbedingt benötigt, nämlich ein Passwort, in seinem Falle war es ein akustisches Passwort, was erst in jüngster Zeit technisch ausgereift und heute längst selbstverständlich ist.

Als er das alles mehrfach ausprobiert hatte und es zu seiner großen Überraschung tatsächlich auch immer wieder reibungslos funktionierte, da wurde ihm (dem Achtjährigen) etwas seltsam zumute und plötzlich auch bewusst, dass er nicht nur der Radiotechnik seiner Zeit weit voraus war, nein, da glaubte er auch zu spüren, dass er das Zeug in sich hatte, eines fernen Tages eine Erfindung zu machen, die die Welt entscheidend verändern würde, so wie es einst Johannes Gutenberg mit der Erfindung des Buchdrucks, Thomas Edison mit seiner Glühbirne, dem Dresdner Alchimisten Johann Friedrich Böttger (der auf Geheiß von August dem Starken Gold suchen sollte und dabei das Porzellan fand) oder Otto Hahn mit der Kernspaltung gelungen war. Aber an all diese Dinge dachte er damals noch nicht, er fühlte sie nur sehr stark in sich.

Und so hatte er natürlich noch keine rechte Vorstellung darüber, um was für eine Erfindung es sich überhaupt handeln werde und was genau er in der künftigen Welt tatsächlich verändern möchte und verändern könne, aber er wusste, dass er auf jeden Fall etwas Einmaliges erfinden werde, etwas, das es zuvor noch nicht gegeben hatte.

Nannte und nennt man solche naiven Gedanken-spiele und irrationalen Tag-Träume eines noch nicht in der Pubertät angekommenen Jünglings nicht auch Visionen?

Wie auch immer.

Nur ein paar Monate darauf konstruierte er dann einen „Blitzeinfänger". Das war eine von ihm in vielen schlaflosen Nächten (und immer wenn er sich während des Unterrichts in der Schule gar zu sehr langweilte) ausgetüftelte, höchst komplizier-te, etwa einen Meter hohe und ebenso breite, in ihrer Technik für Laien kaum erklärbare Appara-tur, bestehend aus vielen miteinander verbunde-nen, verlöteten, vernagelten, verklebten und ver-schraubten Drähten aus Eisen und Kupfer, aus Blei und Silber, aus Glas, Magneteisen, aus Hartgummi und aus Buchenholz.

Man bedenke: All das geschah neben dem tägli-chen Schulbesuch und nach Erledigung aller an-fallenden schulischen Hausaufgaben, die zu erledi-gen ihm von Tag zu Tag leichter fiel, was die El-tern in ihrer Ignoranz ebenfalls nicht bemerkten oder als selbstverständlich abhakten.

Bereits mit dieser Erfindung gelang es ihm, einen uralten Traum der Menschheit und der Physik überraschend Wirklichkeit werden zu lassen, nämlich erstmals Energie aus eingefangenen Blit-zen während eines tobenden Unwetters in elektri-schen Strom zu verwandeln und diesen Strom auch für einen Zeitraum von 60 Stunden zu speichern, so dass er bei der Ausleuchtung seiner bei den Dorfkindern und bei all seinen Kameraden sehr beliebten Kasperletheater-Aufführungen absolut unabhängig vom Strom aus der Steckdose war.

So konnte er also seine Freunde selbst dann zu Aufführungen in sein Kinderzimmer einladen, wenn eine Stromsperre das Dorf in der Nähe von Hamburg mal wieder für mehrere Stunden während eines Fliegeralarms kurz vor Ende des 2. Weltkrieges in bedrohende Dunkelheit gehüllt hatte.

Natürlich hatten die Eltern auch dieses Mal wieder nichts bemerkt, so dass es allein schon aus diesen Gründen zu einer Vermarktung nicht kommen konnte. Er selbst war zu jener Zeit natürlich nicht reif und auch nicht geschäftstüchtig genug, um aus seiner epochalen Erfindung bereits Kapital zu schlagen, ging es ihm doch beim täglichen, stets mit großem Spaß verbundenen Experimentieren hauptsächlich um das Finden von bisher noch nicht vorhandenen Apparaturen, nicht aber um deren Vermarktung. Und außerdem war er damals nachweislich noch ein Kind und kein Kapitalist.

Die kleine, in ihm erstmals aufkeimende Hoffnung, zumindest dieses Mal von seinen Eltern bewundert zu werden und vielleicht auch ein kleines Lob oder gar etwas Liebe zu empfangen, sie erfüllte sich abermals nicht. In ihren Augen waren die Erfindungen ihres missratenen Sprösslings nur

„Kinderkram, nichts weiter als unnützer Kinderkram".

„Warum", so fragte er sich bereits damals und auch noch später immer wieder mal, „warum und wozu haben Kinder überhaupt Eltern?"
Ja, so vergingen die Jahre.

Aus dem nach Erfindungen süchtigen und experimentierfreudigen Knaben André du Bois-Chevalier wurde ein junger, gutaussehender Mann, der seine Erfinder-Träume heftig weiter träumte und einige bereits vor Aufnahme seines Studiums konkret in die Tat umzusetzen wusste. Das brachte ihm zwar noch keinen materiellen Gewinn ein, doch er sammelte bereits sehr früh vielerlei Erfahrungen, die sich dann später als überaus nützlich erweisen sollten.

Irgendwann einmal hatte sich dieser junge Mann auf Anraten seines Physiklehrers am Hamburger Johanneum (ausgestattet mit einem Einser-Abitur) an der TU München als Student eingeschrieben und studierte dort Elektrotechnik und Maschinenbau. Aber nicht nur das, nein, er hatte auch noch das Fach Biochemie belegt, da Chemie und Biologie neben Physik stets seine Lieblingsfächer in der Schule gewesen waren. Außerdem, so dachte er, könne es gewiss von großem Vorteil sein, wenn ein angehender Ingenieur der Elektrotechnik und des Maschinenbaus auch etwas von diesen Fachgebieten verstünde, die bereits uralten Kulturen so vertraut gewesen waren und die heute mehr denn je dazu beitrugen, auch den letzten Geheimnissen der Erde, der Natur und des Lebens auf die Schliche zu kommen. Auch diese Entscheidung erwies sich viele Jahre später als sehr sinnvoll und war die Voraussetzung für nahezu alle seine Erfindungen, die er im Laufe der Zeit der Welt dann präsentierte.

Sehr rasch wurde André der Lieblingsstudent seiner Professoren, da er bereits im ersten Semester und quasi im Wochentakt eine brauchbare und originelle Erfindung nach der anderen machte. Einer seiner Professoren, dem er einige seiner Ideen und fertigen Modelle anfänglich und vertrauensvoll zur Begutachtung vorgelegt hatte, erschlich sich auf diese Weise etwa ein halbes Dutzend von Patentrechten, deren kluge und sinnvolle Nutzung dem ehrenwerten Herrn Professor recht bald schon ein beachtliches Vermögen einbrachte.

Ja, so ist es mitunter im Leben eines Studenten, solche Erfahrungen musste er gewiss nicht allein machen, sie werden sich wohl auch künftig wie ein roter Faden durch das Leben vieler begabter Studenten ziehen, denn nicht nur in den technischen, sondern auch in den klassischen und so hehren Geisteswissenschaften tummeln sich hin und wieder Parasiten aller Arten.

Im Münchner Patentamt war der junge Student mittlerweile ebenso beliebt wie auch ein wenig belächelt, ging er dort doch mehrfach in der Woche ein und aus und ließ sich im Verlauf von zwei

Jahren mehrere Dutzend originelle und auch recht nützliche Erfindungen patentieren. Die Skala seiner Erfindungen (um nur drei von vielen zu erwähnen) reichte von der vollautomatischen Eierschälmaschine über einen Tretroller, der mittels eines durch Sonnenenergie gespeisten handgroßen Motors betrieben wird bis hin zu einer sensationellen „Flugmaschine", wie man sie heute als Drohne und wie selbstverständlich durch den deutschen und durch den europäischen Luftraum zischen hört.

Man bedenke: Das alles geschah im Jahre 1965, also zu einer Zeit, in der sich Erfindungen dieser besonderen Art vielleicht bereits als Vision im Kopfe eines Ingenieurs eingenistet hatten, jedoch noch nicht in der Planungsphase, geschweige denn im Produktionsprogramm der deutschen und europäischen Industrie zu finden waren.

Nach sechs Semestern, als er merkte, dass er in München kaum noch etwas lernen und keine neuen innovativen Anregungen empfangen konnte, da wechselte André du Bois-Chevalier (mit allerbesten Empfehlungen mehrerer Professoren in München) kurzerhand an die ETH Zürich.

Dort wurde er mit Kusshand aufgenommen und beendete sein Studium dann auch bald schon mit summa cum laude. Das aber nicht nur als Dr. Ing., sondern auch als Doktor der Biochemie. Außerdem wurde dem nunmehr zweifachen Doktor (er vermochte es nicht zu fassen) auch noch eine nur sehr selten an der ETH Zürich verliehene Ehrenurkunde überreicht, was damals einem Ritterschlag gleich kam.

Sein Glück war vollkommen, das Leben und alle Götter schienen ihm offensichtlich wohlgesonnen zu sein, der Gedanke daran machte ihn noch glücklicher und erfüllte ihn mit großer Dankbarkeit. Als er sich aber kurz darauf die Frage stellte, wie es nach so vielen Glücksmomenten beruflich nun mit ihm weitergehen könnte und ob er überhaupt in Zürich bleiben wolle, da lockte ihn das Schicksal (was er zu jener Zeit noch nicht erkennen konnte) in eine tückische Falle: Er erhielt nämlich überraschend einen persönlichen Brief vom Präsidenten der ETH, in dem dieser ihm das Angebot machte, zunächst als Dozent in die Dienste der ehrwürdigen eidgenössischen Kaderschmiede zu treten, um dort Vorlesungen zu halten und frei forschen zu können, Ernennung zum Professor in absehbarer Zeit nicht ausgeschlossen.

Er musste zunächst erst einmal tief durchatmen, er konnte es einfach nicht glauben, was da schwarz auf weiß geschrieben stand. Was für eine Chance, was für eine geradezu gigantische Herausforderung und große Ehre für einen jungen Ingenieur. Ein solches Angebot kam einem Lottogewinn gleich, einen besseren Einstieg ins Berufsleben und auch gewiss in eine akademische Laufbahn mit gesellschaftlichem Ansehen und Aufstieg war zu jener Zeit (man schrieb nun das Jahr 1969) überhaupt nicht denkbar.

Was jeden Menschen und Absolventen der ETH gewiss mit großem Stolz erfüllt hätte, das führte (wie bereits angedeutet) den frisch gebackenen Dr.-Ing. und Doktor der Biochemie überraschend in die erste Sinn-Krise seines Lebens.

Selbstverständlich verspürte er in sich eine unbändige Lust zu lehren und zu forschen, er gefiel sich auch in dem Gedanken, irgendwann einmal zum Professor an der ETH Zürich ernannt zu werden, alles fügte sich auf den ersten Blick zu jenem bunten, so überaus positiven Zukunftsbild zusammen, das er sich bereits vor Jahren hin und wieder im Geiste genüsslich ausgemalt hatte. Und das hätte jetzt bereits Wirklichkeit werden können, er hätte nur Ja sagen müssen.

Aber noch größer war sein Bedürfnis, sich von allen universitären Zwängen zu befreien, denen er ja während seines Studiums bereits mehrfach ausgesetzt war und die er bisweilen auch recht heftig zu spüren bekam, ihn drängte es, allein zu forschen, nicht abhängig zu sein von einem Lehrbetrieb, der ihn fraglos zwingen würde, sich täglich nicht nur mit technischen und interessanten wissenschaftlichen Projekten, sondern auch mit bürokratischen Banalitäten zu befassen, die ihm nicht lagen, die ihn, den Visionär und Praktiker wohl recht bald langweilen könnten.

Zudem war ihm längst auch klar geworden, dass er ein Einzelkämpfer und kein kooperativer Team-Mensch war. Er war eben ein leidenschaftlicher Erfinder und Forscher, kein trockener Akademiker, er benötigte für seine vielfältigen Forschungen und Erfindungen neben seinem bereits erworbenen technischen Wissen und praktischem Können vor allem seinen „sechsten Sinn" und auch seine sensiblen Hände, um mit ihnen, so wie ein Bildhauer, exakt zu formen, was ihm spontan in den Sinn kam und was dann nach Vollendung dürstete.

Natürlich war ihm bewusst, dass er im Falle einer Ablehnung dieses Angebots vor einem Leben stehen würde, das mit vielen Fragezeichen versehen wäre. Das alles musste bedacht sein.

Nach zwei durchwachten Nächten, in denen er immer wieder zwischen freudigem Ja und skeptisch-zögerndem Nein hin und her gewandert war, sich auch die Frage gestellt hatte, ob sein Mut, ob sein scheinbar so grenzenloser Optimismus tatsächlich auch grenzenlos sei und er diese Frage mit einem ganz klaren Ja beantworten konnte, da stand seine Entscheidung dann unwiderruflich fest: Er würde das verlockende Angebot nicht annehmen. Er war bereit, den schwereren Weg zu gehen, egal wohin ihn dieser Weg auch führen mag.

Also schrieb er dem Präsidenten der ETH einen langen Brief, in dem er ausführlich und aufrichtig all jene Gründe benannte, die ihn zwangen, das so ehrenvolle Angebot abzulehnen.

Als er den Brief beendet und das Couvert verschlossen hatte, da fühlte er sich erst einmal hundeelend, wusste er doch, dass er soeben eine schicksalhafte Entscheidung getroffen hatte, die er möglicherweise später einmal bitter bereuen könnte.

Wie auch immer.

Bereits eine Woche darauf fand er zu seiner Überraschung in seinem Briefkasten das Antwortschreiben des Präsidenten, in dem dieser (er staunte) sein aufrichtiges Bedauern über die Absage aussprach, ihn aber auch wissen ließ, dass ihm die Tür zur ETH jederzeit offen stünde. In diesem Brief las er Sätze in einer Aufrichtigkeit und Klarheit, wie er sie in seinem späteren Leben kein zweites Mal mehr erhalten sollte. Viele Jahre danach ging so manches Mal der Gedanke durch seinen Kopf: „Wie bin ich heute glücklich darüber, erleben zu dürfen und erlebt zu haben, dass ein gestandener Professor und Präsident der ETH Zürich mich, einen jungen Dr. Ing., wie seinesgleichen behandelte. Dieses Glück und die damit verbundene Hochachtung wird heute wohl kaum noch einem frisch gebackenen Doktor und Ingenieur zuteil."

Die Chance war also noch nicht vertan, die Tür stand für ihn auch weiterhin offen. Da strömte grenzenlose Erleichterung in ihn hinein, hatte er jetzt doch keinen Grund mehr, seine „unter Schmerzen" getroffene Entscheidung in Frage zu stellen oder gar bereuen zu müssen.

Ja, wie wäre das Leben des Erfinders André du Bois-Chevalier wohl verlaufen, wenn er diese vom Schicksal extra nur für ihn geöffnete Karriere-Tür damals zielstrebig durchschritten hätte? Darüber ließe sich lange spekulieren und diskutieren, ganz gewiss aber darf man davon ausgehen, dass die unglaubliche Geschichte dieses Mannes, die hier erzählt wird, auf keinen Fall so stattgefunden hätte.

Ja, so vergingen die Jahre.

Er hatte Zürich, wo er zum ersten Male in seinem Leben Freunde, ein wenig Heimat und ein persönliches Zuhause gefunden hatte, inzwischen schweren Herzens verlassen und war in die Hansestadt Hamburg übergesiedelt, wo er in Volksdorf (damals noch ein Vorort von Hamburg) einst seine Kindheit erlebte und auch eingeschult worden war. Im Stadtteil Eimsbüttel hatte er durch die Vermittlung eines Freundes zu recht günstigen Konditionen eine kleine, vor Jahren still gelegte Fabrikhalle anmieten können, wo er sich dann in nur kurzer Zeit mit wenig Geld, mit viel Phantasie und grenzenlosem Optimismus ein funktionierendes Versuchslabor und eine mit fast allen notwendigen technischen Hilfsmitteln ausgestattete Werkstatt eingerichtet hatte.

Rasch hatte sich in Norddeutschland und in der Fachwelt herum gesprochen, dass sich in Hamburg ein „Verrückter" niedergelassen habe, der unglaubliche Erfindungen mache, wie es sie bisher noch nicht gegeben habe.

Das Spiel, das aufregende Lebensspiel des André du Bois-Chevalier konnte nun erst so richtig beginnen, die so schön klingende Ouvertüre war recht verheißungsvoll, sie versprach, dass in den nachfolgenden Akten etwas ganz Großes, ja, etwas Einzigartiges geschehen und damit die Welt vielleicht für immer verändern werde.

Und so gaben sich in seiner Werkstatt nun immer häufiger hochrangige Manager und Experten aus allen Zweigen der Wirtschaft und Industrie, aus privaten und aus staatlichen Forschungsanstalten die Klinke in die Hand, um sich seine Erfindungen vorführen zu lassen.

Das Interesse der Experten an seinen ungewöhnlichen Erfindungen war jedes Mal geradezu gigantisch, doch seltsamerweise vermochten sich die schönen Damen und noblen Herren aus den Vorstandsetagen und aus den Entwicklungsabteilungen namhafter deutscher Unternehmen (auch nach mehrmaligen Besuchen) kein einziges Mal für den Ankauf einer seiner extravaganten Erfindungen zu entscheiden, obwohl er ihnen stets doch alles genau erklärt hatte, so dass die Herrschaften die Nützlichkeit und Vorzüge seiner Erfindungen durchaus begreifen und deren Einzigartigkeit auch erkennen konnten.

Das machte ihn plötzlich stutzig und so fragte er sich eines Tages, ob er nicht doch vielleicht ein wenig zu blauäugig und zu vertrauensvoll gewesen war, den mit allen Wassern gewaschenen Vertretern der Großindustrie gar zu viel an Fakten, an geheimen Formeln, an ausgefeilten technischen Details und an präzisen Erläuterungen zu funktionalen Abläufen (mündlich und auch schriftlich) anvertraut zu haben, womit er sie möglicherweise und überhaupt erst auf die Idee gebracht hatte, mit Hilfe der durch ihn erlangten Informationen einige seiner Erfindungen, leicht modifiziert und ganz ungeniert in eigenen Laboratorien und technisch bestens ausgerüsteten Versuchsanstalten ganz einfach selbst nachzubauen?

Die auf diese Weise schmerzlich gemachte Erfahrung ließ ihn zu der Überzeugung gelangen, dass der Kapitalismus (was er eigentlich bereits während seines Studiums vermutet hatte) von Moral und Anstand, von Fairness und Humanismus so weit entfernt ist wie die Erde vom Mond und zurück.

Seine bisher gemachten Erfahrungen und die daraus erfolgte subjektive Einschätzung des Kapitalismus und seine Zweifel an der Redlichkeit von Konzernen und deren Chefs, all das wurde durch folgendes Erlebnis dann auch noch voll bestätigt:
Er hatte eines Tages so „ganz nebenbei", also auch

für ihn völlig überraschend, eine „Auto-Selbst-Wasch-Anlage" (kurz ASWA genannt) erfunden, die so funktionierte: Aus kleinen im Auto innen und außen eingebauten, kaum sichtbaren Düsen gelangt ein durch Funksteuerung ausgelöstes Gemisch aus natürlichen Substanzen an jede Stelle des Autos (einschließlich Motor) und lässt dieses bereits nach nur fünf Minuten so neu aussehen und auch so frisch und angenehm riechen, als sei es gerade erst aus der Werkshalle einer der bekannten schwäbischen Autofirmen gerollt. Er hatte all seine Ersparnisse in dieses Projekt investiert, fest davon überzeugt, dass er mit seiner ASWA Furore machen und die Herzen aller Autobesitzer weltweit dadurch höher schlagen würden.

Voller Stolz und in allergrößter Aufregung führte er die ASWA bald darauf einem traditionsreichen deutschen Spitzenkonzern aus Essen vor, der bereits einmal in der deutschen Geschichte von sich Reden machte, als er fast zeitgleich sowohl die Nazis als auch deren europäischen Feinde mit modernsten Waffen, mit Kriegsgeräten und anderen kriegsfördernden Materialien belieferte, die in den Werkshallen dieses Konzerns von Kriegsgefangenen aus allen von Deutschland überfallenen Ländern zu unmenschlichen Bedingungen hergestellt wurden. In diesem nach dem 2. Weltkrieg mit Hilfe von bewährten Seilschaften und in Schnellbleichen wieder ehrbar gewordenen und von aller „Bräune" befreiten Konzern war man an höchster

Stelle sehr begeistert, doch zu einem Ankauf kam es wiederum nicht.

Etwa ein Jahr später präsentierte dieser namhafte Konzern die von Bois-Chevalier erfundene (leicht veränderte) ASWA auf der Hannovermesse als hauseigene, von allen Medien bestaunte und gefeierte Erfindung, die dem Essener Konzern in Zusammenarbeit mit einem schwäbischen Autohersteller bereits nach einem Jahr beträchtliche Gewinne in Millionenhöhe eingebracht hat.

Nach diesem unerfreulichen Erlebnis beschloss André, sich nicht mehr um große technische Erfindungen zu kümmern, sondern sein Augenmerk (zumindest vorübergehend) ausschließlich auf kleinere Projekte zu richten, vorwiegend also auf nützliche Dinge im Leben und für den Alltag eines jeden Menschen, wobei er nicht nur an Erfindungen aus dem Bereich der Technik, sondern auch an Erfindungen dachte, die der Gesundheit und der Bekämpfung von noch immer unheilbaren Krankheiten dienlich wären.

Auf diese Idee war er während eines Spazierganges im Hochsommer in der Lüneburger Heide gekommen, als sich ihm die norddeutsche Flora und Fauna in einer unglaublichen, von ihm noch nie in seinem Leben wahrgenommenen Duft- und Blütenpracht zeigte, die ihn berauschte und ihm die beglückende Gewissheit einbrachte, dass möglicherweise allein die Natur der wahre Quell auch für ihn und für sein künftiges Forscherleben sein könnte.

Es war wie eine Offenbarung, ja fast schon die Aufforderung an ihn, sein bereits erlangtes Wissen im technischen Bereich und sein gesamtes Denken und Streben auf den Prüfstein zu legen. Er musste ein Konzept erarbeiten, so etwas wie einen „Fahrplan" für sein künftiges Forschungs- und Erfinderleben erstellen, in dem möglicherweise die Natur sein alleiniges Inspirationsfeld, sein eigentliches Laboratorium und auch der Lieferant für tausende ihm noch unbekannter aus der Erde kommender Produkte sein wird.

Doch noch war es nicht soweit.

Nein, es kamen erst einmal schwere Zeiten auf ihn zu, die Wirklichkeit hatte ihn eingeholt und ihm gnadenlos aufgezeigt, dass zwischen Traum und Wirklichkeit eine gefährliche Grauzone existiert, in der ein Scheitern wahrscheinlicher ist als die Möglichkeit, Träume zu verwirklichen und damit auch gleich noch wirtschaftlichen Erfolg zu haben. Resignation stelle sich bei ihm ein und auch eine kleine Depression hatte sich kaum merklich in seine Psyche geschlichen. Es musste etwas geschehen. Aber was?

Da erinnerte er sich an seinen Spaziergang in der Lüneburger Heide, auf dem er zum ersten Mal in seinem Leben die Natur als das größte Wunder aller Wunder für sich entdeckt hatte. Und so beschloss er, sich auf eine mehrwöchige Wanderung durch die Wälder und Felder zwischen Hamburg, Schleswig-Holstein und Niedersachsen zu begeben, um dort gezielt nach seltenen Kräutern, Pflanzen und Früchten Ausschau zu halten. Eine innere Stimme riet ihm zu einem solchen Ausflug in die für ihn immer wieder so geheimnisvolle Welt der Natur, was sich dann später für ihn als sehr sinnvoll erweisen sollte. Bereits am zweiten Tag nach Antritt seiner „Expeditionsreise" lösten sich seine Depressionen plötzlich wieder auf.

Das war für ihn ein Beweis mehr dafür, dass es möglicherweise keine bessere Psycho-Therapie geben kann, als sich im Einklang mit der Natur zu befinden, denn nur auf diese Weise, so ging es ihm durch den Kopf, würde es ihm vielleicht auch gelingen, dem wahren Sinn seines Lebens auf die Spur zu kommen und auch sein Leben als Forscher und als Erfinder noch positiver als bisher gestalten zu können. Diese Erkenntnis tönte nun wie ein lang ersehntes Signal in sein neu erwachtes Bewusstsein und in sein Forscherleben hinein. Und zu diesem „Signal des Aufbruchs" gesellten sich unverhofft und zeitversetzt gleich zwei Wunder: Hätte ihn nämlich eine ferne Verwandte in ihrem Testament nicht mit 300.000 DM bedacht (Wunder Nr. 1), dann hätte er sein Erfinderleben wohl für immer aufgeben müssen.

Ein solches unrühmliche Scheitern blieb ihm also dank der unverhofften Erbschaft erspart, was ihn ermutigte, nun unbeirrt und zielstrebig seiner ihm offensichtlich vom Schicksal zugedachten Bestimmung auch weiterhin zu folgen.

Und er wurde dafür belohnt.

An einem heißen Tag im August vor etwa zehn Jahren, mehrere Stunden waren bereits vergangen, ohne dass er auch nur (wie bisher) eine einzige brauchbare Erfindung gemacht hatte, da warf er das Experimentierglas und sämtliches andere Gerät ebenso verzweifelt wie wütend an die Wand (das war dann der Auslöser für Wunder Nr. 2).

Später fragte er sich dann, ob es tatsächlich nur seine Verzweiflung gewesen war, die ihn dazu verführt hatte, so heftig und so unvernünftig zu reagieren oder ob er möglicherweise doch zumindest eine kleine Vor-Ahnung gehabt hatte, dass gerade an diesem Tag durch eben diese nicht geplante und absolut törichte Aktion etwas Außergewöhnliches in seinem Leben geschehen würde?

Er fand auch auf diese Frage zunächst keine Antwort, aber es rumorte bereits in ihm und er fühlte es: da kündigte sich etwas an, er wusste nur noch nicht, was das sein würde, er ahnte lediglich die abstrakten Umrisse eines langsam auf ihn zukommenden realen Bildes.

Doch rasch zurück zu diesem Schicksalstag, an dem nun das zweite Wunder geschah, das sein Leben von heute auf morgen völlig verändern sollte.

Das Reagenzglas, in dem sich ein aus verschiedenen, von ihm in der Lüneburger Heide und im Allgäu gepflückten Waldfrüchten und Kräutern heraus gefilterter, nun gelbrot schimmernder Extrakt befand, ja, dieser ein Liter große Becher aus Blech fiel dabei versehentlich in ein Stahlbecken, in das er zuvor eine von ihm ebenfalls aus Naturprodukten gewonnene, sorgfältig zubereitete Flüssigkeit hinein getan hatte, von der er zunächst nicht so recht wusste was er mit ihr konkret anfangen konnte. Wie auch immer.

Es gab den in einer „Hexenküche" üblichen Knall, es bildeten sich Gase, der sonst seelenlose Raum war plötzlich erfüllt von einem gespenstigen gelbroten Nebel und von seltsamen, ihm bisher unbekannten Gerüchen, von einem erkennbaren Wunder weit und breit keine Spur.

Nach einer Weile hatten sich die farbigen Nebel verzogen und es blieben nur noch die Gerüche.

Gerüche?

Nein, normale Gerüche waren es nicht, es waren himmlische Düfte, Götterdüfte, wie sie ihm bisher weder auf einer Blumenwiese im Hochsommer in der Lüneburger Heide noch bei Tagesausflügen in und um Roussillon in der Provence oder jemals in einer Parfümerie unter seine sensible Nase gekommen waren.

Wie benommen beugte er sich über sein Duftwunder. Er glaubte sich kurz in einem Rosengarten aufzuhalten und gleich darauf in einem Orangenhain zu befinden, sein Blick „nach Innen" fiel auf paradiesische Früchte, die auf hohen Bäumen reifen, umweht vom Duft aller Kräuter, die sich aus der Erde ihren Weg ins Leben bahnen. Er wähnte sich angekommen im Paradies, alle irdischen Wirklichkeiten hinter sich lassend …

Dieses Duftwunder sah auffallend rötlich aus, es war ein magisches Rot, wie er es ebenfalls zuvor noch nicht erblickt hatte, weder in der Natur noch auf der verschmierten Palette oder in einem der bereits fertigen Meisterwerke der berühmtesten französischen Impressionisten, auch nicht bei Degas und auch nicht bei Renoir, vielleicht bei van Gogh?

Er war trotz der Nebel nicht benebelt, nein, er war auf eine besondere Weise berauscht, vermochte seinen Blick nicht von diesem von Sekunde zu Sekunde immer leuchtender werdenden und so duftenden Rot zu wenden.

Es brodelte, zischte und schäumte inmitten dieses herrlichen Duftes, der in ihn hinein strömte und mit jedem Atemzug noch intensiver wurde. Er war glücklich.

Ja, genau so stellte er sich den Eintritt ins Paradies vor, das in ihm vorhandene, so abstrakte Bild des Paradieses nahm nun mit jedem Einatmen immer mehr wundersame, zugleich aber auch konkrete Formen an. Ja, in einem solchen Paradies, da wollte er gern verweilen, für immer.

Mit beiden Händen fasste er, es war bereits zwanghaft, ins Becken und ließ den lauwarmen, sich langsam abkühlenden Schaum immer wieder durch seine Finger gleiten, die Zeit um ihn herum löste sich auf, er befand sich nach nur wenigen Minuten in einer anderen Welt, war fest davon überzeugt, in ein neues Bewusstsein eingetaucht und ein geheimnisvoller Fremder in sich selbst zu sein.

Mon Dieu, welch gigantische Transformation. In diesem Moment definierte er die ihm läufigen, bisher aber dennoch stets auch kritisch hinterfragten Begriffe wie *Glück*, *Lebens-Sinn* und auch den Begriff der *Zeit* für sich völlig neu.

Welch Gefühl, unsagbar, weit über allen bisher erfahrenen Glücksmomenten angesiedelt, er glaubte sogar für den Bruchteil einer Sekunde, überhaupt nicht mehr vorhanden zu sein, irdisch aufgelöst, eingekehrt in eine andere, ihm noch unbekannte Welt in einer neuen Seins-Form.

Und ein zufällig gefundener Duftstoff sollte die Ursache für all das sein, was gerade mit ihm und in ihm geschah?

Er musste das Geheimnis ergründen. Einem solchen Duftbad, so schoss es durch seinen Kopf, musste wohl auch Aphrodite einst entstiegen sein.

Er holte sich eine kleine Schale, füllte sie mit der roten Flüssigkeit, hielt die Schale dann ganz dicht an seine Nase und atmete intensiv ein. Welch Wohlgefühl.

Und wieder glaubte er zu träumen und verspürte den Wunsch, zu fliegen, sich wie ein Vogel in die Lüfte zu erheben, die Erde hinter sich lassend, dem Himmel nahe, der Erde für immer entrückt.

Mehrere Stunden, so traumverloren wie ein Kind im Sandkasten, so spielte er mit seinem roten Duftstoff, der ihn durch das heftige Einatmen immer wieder in einen wundersamen Rausch versetzte, in einen Rausch, der alle ihm bisher so vertrauten Rauschempfindungen (zum Beispiel während des genussvollen Leerens einer Champagnerflasche und auch beim Liebesspiel) bei weitem übertraf.

Dann, auf die Erde zurück gekehrt, erwachte in ihm natürlich wieder der Wissenschaftler, der nun rasch eine Antwort auf die Frage finden musste, was genau dieses rätselhafte Glücksgefühl in ihm ausgelöst hatte. Und das bedeutete, dass er die genaue Zusammensetzung der verschiedenen Substanzen heraus finden, errechnen und schriftlich festhalten musste. Ja, gleich morgen würde er mit dieser wichtigen Arbeit beginnen.

Doch erst einmal, einem plötzlichen Impuls gehorchend, füllte er ein Fläschchen mit seiner duftenden Erfindung, band sich seine einzige (rote) Krawatte um und eilte aus absolut nachvollziehbaren Gründen in die nächstgelegene Parfümerie, entkorkte dort das kleine Fläschchen und hielt es der Besitzerin unter die Nase.

Die Dame schnupperte daran, zunächst etwas skeptisch, sog dann den ihr unbekannten Duft tief in sich hinein, gleich mehrfach, schloss verzückt die Augen, ihr schönes, etwas blasses, kunstvoll geschminktes Gesicht entspannte sich, auf ihren schmalen Lippen erschien ein geheimnisvolles Lächeln, wie er es bisher nur beim aufmerksamen Betrachten der Mona Lisa und in den leuchtenden Gesichtern von frisch Verliebten wahrgenommen hatte.

Dann fragte sie ihn mit leiser, kaum noch hörbarer Stimme, was das für ein Parfum sei, woher er es hätte, welcher europäischer Duft-Gigant dahinter stünde, das könne doch nur aus der magischen Duftküche von Karl Lagerfeld kommen. Er erklärte der Dame, dass nicht Karl der Große, sondern er selbst der Erfinder, also der „Kompositeur" dieses Parfums sei.

Das Fläschchen ging von Hand zu Hand, von Nase zu Nase und immer wieder glaubte er dieses wundersame Lächeln in den Gesichtern jener wahrzunehmen, die das Fläschchen auch nur kurz an ihre Nase gehalten hatten. Ihm kam dieses Lächeln mittlerweile auch noch vor wie das plötzliche Erwachen aus einem fernen, erdentrückten Traum, begleitet von der schmerzlichen Sehnsucht nach sofortigem Wiedereintauchen in einen noch schöneren Traum, aus dem man niemals mehr erwachen möchte.

Sorgfältig verschloss er das Fläschchen.

„Wie hoch ist der Preis?", fragte die Besitzerin mit tonloser Stimme. Er nannte, von Übermut getrieben, eine ziemlich hohe Summe für den Erwerb dieses einen Fläschchens, den sie anstandslos akzeptierte.

Ob er auch nachliefern könne?

Aber gewiss.

Er eilte sofort in sein kleines Laboratorium, füllte ein Dutzend Fläschchen mit seiner jungfräulichen Kostbarkeit, suchte noch einige Parfümerien auf und hielt sein Fläschchen auch dort unter zunächst erstaunte und dann stets beglückte Nasen. Es ist kaum zu glauben: Man riss ihm die Fläschchen förmlich aus der Hand, wo immer er auch auftauchte.

Am Abend begab er sich gut gelaunt und um einige tausend deutsche Mark reicher in das Restaurant seines alten Freundes Paolino, um sich von ihm mal wieder seine Lieblingsspeise zubereiten zu lassen, die allerbeste, feinste und zarteste Kalbsleber mit Salbei zwischen dem kalten Hamburg und dem heißen Sizilien.

Er hatte gerade erst Platz genommen, da erhob sich am Nebentisch eine elegante Frau von ihrem Stuhl (sie war vielleicht dreißig Jahre alt und sehr schön) und näherte sich seinem Tisch, blieb direkt vor ihm stehen: „Mein Herr, entschuldigen Sie bitte, dass ich Sie so einfach anspreche, aber Sie verströmen einen umwerfenden Duft, der mich kirre macht. Was ist das für ein Parfum, wer hat das komponiert? Ich kenne einen solchen Duft nicht, obwohl ich aus der Branche komme, ich arbeite unter anderem auch für ein Unternehmen in Grasse, dem Mekka aller schönen Düfte."

Er erklärte der Dame, dass er es sei, der dieses Parfum „komponiert" habe, sie starrte ihn ungläubig an.

Da er noch ein kleines Fläschchen in der Jackentasche hatte und so überaus glücklich und gut gelaunt war, holte er das Fläschchens heraus und überreichte es mit Freude und Charme der schönen Dame: „Da, bitte, nehmen Sie das kleine Fläschchen, ich schenke es Ihnen".

Die feine Dame öffnete das Fläschchen, hielt es unter ihre schön geformte Nase, sog den Duft tief ein, umarmte ihn spontan, überhäufte ihn mit Dankesworten und ging wie in Trance an ihren Tisch zurück.

Bedurfte es noch eines weiteren Beweises?

Nein!

Wo immer er nun auch in den nächsten Tagen auftauchte, überall waren die Menschen, natürlich und ganz besonders die Frauen begeistert und verzückt von seiner duftenden Erfindung. Und so fiel es ihm auch nicht schwer, fest davon überzeugt zu sein, nicht nur ein neues, sondern ganz gewiss das „Parfum des Jahrhunderts" gefunden zu haben.

Aber war das, was er da gefunden hatte, wirklich nur ein neues Parfum, das nach dem Einströmen in die Nase den Geruchssinn eines Menschen so sehr zu elektrisieren vermochte oder gab es für die außergewöhnliche Wirkung noch eine andere Erklärung?

Er zog sich in sein kleines Laboratorium zurück, um sich Gewissheit zu verschaffen. Er analysierte sein Duftwunder immer wieder. Nach drei Tagen und Nächten ohne Schlaf hatte er gefunden, wonach er so fieberhaft gesucht hatte. Es war eigentlich ganz simpel: Es lag an der speziellen Mischung, deren genaue Zusammensetzung André du Bois-Chevalier keinem anderen Menschen jemals verraten hat und daher auch an dieser Stelle nicht einmal angedeutet werden kann.

Fest steht, dass all das, was das Schnuppern und das Einströmen des Duftstoffes über die Nase in seine Psyche und um ihn herum auszulösen vermochte, die Duftkraft und Magie aller bisher bekannten und berühmten Parfums übertraf. Die Welt war um ein weiteres Wunder reicher.

So ging es dann Schlag auf Schlag. Er ließ sich sein Duft-Produkt patentieren, gründete erst in Hamburg eine Firma, erweiterte diese rasch und errichtete in rascher Abfolge in fast allen deutschen Großstädten Filialen.

Zunächst belieferte er aus Patriotismus nur sein Heimatland. Doch bald schon traten bedeutende Unternehmen aus ganz Europa und aus Übersee an ihn heran und baten ihn darum, ebenfalls beliefert zu werden oder in Lizenz herstellen zu dürfen. Für Anrdé du Bois-Chevalier stand aber fest: liefern ja, Lizenz nein. Der Siegeszug seines Duftwunders war nun nicht mehr aufzuhalten.

Die Welt stand Kopf. Inzwischen hatte er seiner Flüssigkeit auch einen Namen gegeben, er taufte sie auf den musikalisch klingenden Namen „Duftosa".

Bald schon nannte man diesen Namen auf allen Kontinenten. „Duftosa", so sprachen Menschen aus allen Kulturen, Menschen mit schwarzer, weißer, gelber und roter Hautfarbe, zogen ihr Fläschchen hervor, um sich mit „Duftosa" zu bestäuben und gerieten danach in einen Zustand allerhöchster Verzückung, für sie alle hatte nach dem Einatmen von „Duftosa" sich das Dunkel der Welt in sein strahlendes Gegenteil verkehrt.

Die Welt, die Menschen, die Wohnungen und Höhlen, in denen sie lebten und hausten, ihr Denken, ihr Geist, ihre Seelen und all ihre Sinne waren mit Wohlgerüchen, mit schönen Empfindungen und auch mit neuen Gedanken erfüllt, eine süße Schwerelosigkeit hatte von fast allen Menschen auf der Welt Besitz ergriffen, die Philosophie von der Leichtigkeit des Seins verwandelte sich in gelebte Wirklichkeit.

Die Marketingabteilung seines Konzerns legte ihm bereits nach einem Jahr eine Bilanz vor, die sein gerade erst geborenes Unternehmerherz natürlich frohlocken ließ, denn für fünf von den sieben Milliarden augenblicklich auf Erden weilenden Menschen war ein Leben ohne „Duftosa" mittlerweile kaum noch denkbar. Nie zuvor in der aufregenden Geschichte der Menschheit war es einem einzelnen Produkt, einer Erfindung oder historischem Ereignis gelungen, (außer dem Buchdruck, der französischen Revolution, dem Fernsehen und dem Handy) das Verhalten, das Denken und das Fühlen aller Menschen in so kurzer Zeit so maßhaltig zu beeinflussen und damit positiv zu verändern.

Und das hatte seinen Grund: „Duftosa" war nämlich keine jener Drogen, die zunächst allergrößte Glücksgefühle in Menschen auslösen, um sie dann meistens und bereits nach kurzer Zeit psychisch und physisch zu Wracks zu machen, denen nur selten die Rückkehr in ein normales und gesundes Leben vergönnt war.

„Duftosa" war das absolute Gegenteil von all den bekannten gesundheitsschädlichen Substanzen, die süchtige Menschen nur selten legal, sondern auf entwürdigende Weise zumeist nur auf dem dunklen, so schmutzigen Markt der Beschaffungskriminalität und des Todes erwerben können.

„Duftosa" war somit das erste stimulierende, absolut ungefährliche Produkt der Neuzeit überhaupt, das die Nase, die Psyche und den Körper eines Menschen nicht krank macht oder zerstört, nein, „Duftosa" befreite die Menschen von ihren Lebensängsten, machte sie stark für ihr Leben in einer Welt, die wahrlich nicht zu den besten aller Welten zu rechnen ist.

In Grasse, in Paris und in anderen Hauptstädten der schönen Düfte, dort war Panik ausgebrochen, denn seit dem Auftauchen von „Duftosa" war der Umsatz der berühmten Parfüm-Hersteller auf dem Weltmarkt auf beängstigende Weise zurück gegangen, was André du Bois-Chevalier natürlich bedauerte, doch das Rad der Duft-Geschichte konnte und wollte er natürlich nicht mehr zurück drehen. Aber auch die Märkte für Rauschmittel aller Arten brachen ein, da „Duftosa" wesentlich preiswerter und für die Gesundheit absolut ungefährlich war. Sowohl die staatlichen als auch die illegalen Lieferquellen von Kokain, Cannabis, Heroin und anderen Drogen trockneten rasch aus, hatten gegen „Duftosa" keine Chance auf dem globalen Betäubungs- und Duftmarkt.

Und so wurde André du Bois-Chevalier reicher und reicher, in hunderten von Staaten hatte er alsbald über hundertfünfzig Millionen Menschen Arbeit verschafft und ihnen damit ein menschenwürdiges Dasein ermöglicht und auch ein neues Lebens- und Selbstwertgefühl vermittelt, vor allem in der Dritten Welt, ohne die Menschen dort auszubeuten wie andere renommierte Konzerne, unter denen sich auch einige namhafte deutsche Firmen befinden, besonders aus der Bekleidungsindustrie.

So trug André du Bois-Chevalier entscheidend dazu bei, das Heer der Arbeitslosen auf der Erde bereits nach drei Jahren drastisch zu verringern. Bald schon gab es davon nur noch wenige, doch das waren zumeist notorische Nichtstuer, Philosophen und andere Narren, denen selbst er nicht zu helfen vermochte.

In allen Medien (weltweit) nannte und pries man ihn als den sozialsten und humansten Unternehmer aller Zeiten, es ließe sich kein Beispiel dafür finden, keine Epoche (so urteilten Historiker und befanden Experten mehrerer wissenschaftlicher Disziplinen) hätte jemals eine solche charismatische und auf das Wohl und Glück aller Menschen bedachte Unternehmer-Persönlichkeit hervor gebracht.

Er ließ in vielen europäischen Ländern und auch in Übersee tausende Kindergärten, Schulen, Frauenhäuser, Universitäten (in denen das Studium keinen Cent kostete), Altersheime und Krankenhäuser bauen (in denen jeder kranke Mensch kostenfrei Aufnahme und Heilung oder einen Altersruheplatz finden konnte), die berühmtesten Städte- und Gartenbau-Architekten der Welt entwarfen und vollendeten in seinem Auftrag rund um den Globus modernste, familienfreundliche, von riesigen Parkanlagen und von Sportanlagen umgebene Wohnviertel mit komfortablen Wohnungen zu kleinen Mieten.

André du Bois-Chevalier sorgte außerdem mit der Bereitstellung einiger Milliarden dafür, dass in Tausenden einst ausgestorbenen Dörfern in Frankreich, Italien, in Spanien, Portugal, in Ungarn, in Griechenland, in Nordafrika und in vielen anderen Ländern mit der Rückkehr der einstigen Bewohner dort wieder neues Leben, neue Hoffnung und auch Zukunft einkehren konnten. Er beauftragte namhafte Wissenschaftler damit, sich etwas einfallen zu lassen, um die Inseln Helgoland und Sylt und alle vom Untergang bedrohten Inseln und Küstengebiete auf der Erde vor dem Untergang zu bewahren.

Und er sorgte dafür (dank seiner guten Beziehungen zu vielen Regierungschefs in Europa und Asien bis hin zu Lateinamerika und Australien), dass die Politik begann, den Klimaschutz als wichtigstes Thema und rasch zu lösendes Problem unserer Zeit zu begreifen und endlich konkret zu handeln, ließ es sich doch nicht länger mehr verheimlichen, wie gnadenlos und wie rasch sich der Zeiger der globalen Untergangs-Uhr dem großen Finale und somit dem absoluten Kollaps zu nähern begonnen hatte. Er betrachtete es als seine Pflicht, das zu ändern, Und so überwies er mehrere Milliarden an die Weltbank mit der Auflage, mit diesen Geldern überall dort zu helfen, wo „Not am Mann" war. Und eigentlich war überall in der Welt „Not am Mann", sogar allerhöchste Not, nicht nur in der „Dritten Welt", sondern auch in Ländern, in dem man das nicht vermutet hatte, nämlich in vielen reichen Industrienationen wie Deutschland, England, Italien, den USA und vielen anderen Staaten mehr.

In einer norddeutschen Werft lief nach nur zweijähriger Bauzeit das modernste und größte Kreuzfahrtschiff aller Zeiten vom Stapel, noch gigantischer und luxuriöser als die „Queen Mary 2" und alle ihre Vorgänger.

Zwischen seinem in Auftrag gegebenen Luxusliner, der natürlich „Duftosa 1" heißen mußte (denn der Bau von „Duftosa 2" war bereits eingeplant) und der „Queen Mary 2" gab es allerdings einen gewaltigen Unterschied: Sein Traumschiff war nicht für jene Minderheit unter der Menschheit gebaut worden, die es sich leisten kann, jeder Zeit einige Tausender für eine Luxusreise im Mittelmeer, in die Südsee oder wohin auch immer hinzublättern, nein, sein Schiff lief vom Stapel, um in seinen Luxuskabinen allein erziehenden Müttern, armen und kinderreichen Familien, Frauen und Männern mit kleinen Renten und all jenen Menschen eine „Traumreise" zu ermöglichen, denen das Schicksal bisher nicht so gnädig zur Seite gestanden hat. Auf diese Weise fühlten sich im Verlauf von zehn Jahren weit über hunderttausend Menschen plötzlich wie überglückliche Lottogewinner.

Die großen traditionellen und den Markt bisher beherrschenden Reedereien liefen natürlich Sturm gegen seine soziale und humanistische Unternehmensphilosophie und gegen sein Gratis-Modell, sahen sie doch ihre Geschäfte massiv bedroht. Sie erklärten dem Neuling im harten Reederei-Geschäft auf vielfältige Weise den Krieg und waren dabei in ihren Methoden nicht gerade zimperlich.

Ja, sie gingen sogar so weit (man hält es nicht für möglich), bezahlte Männer und Frauen (ausgestattet mit gefälschten Papieren) aus den untersten sozialen Milieus an Bord zu schmuggeln, die den Auftrag hatten, Sabotageakte auf der „Duftosa 1" durchzuführen.

Und die so überaus noblen Herren mit den stets weißen Westen in den goldenen Vorstandsetagen renommierter Reedereien setzten dem noch eins drauf, indem sie mit viel Geld asiatische Piraten anzuheuern versuchten, die sein Schiff auf hoher See überfallen, Passagiere ausrauben oder gar entführen und Lösegeld einfordern sollten, um damit das Image der „Duftosa 1" und vor allem die Sicherheit auf dem Schiff in Misskredit zu bringen.

Dank seiner persönlich guten und engen Kontakte zum französischen Spionagedienst DGSE und dem Bundeskriminalamt in Wiesbaden konnten die Pläne jedoch rechtzeitig aufgedeckt und die teuflischen Attentate durch Spezialisten beider Geheimdienste im rechten Augenblick verhindert werden.

Während all das geschah, da rief Anrdé du Bois-Chevalier so ganz nebenbei einen Dichterwettbewerb ins Leben. Thema: „Duftosa und der Mensch von heute". Der erste Preisträger, ein junger Deutscher, erhielt zwei Jahre nach dem Erscheinen seiner Aufsehen erregenden Arbeit den Nobel-Preis für Literatur zuerkannt. Das erfüllte André du Bois-Chevalier mit großer Freude und machte ihn stolz, er fühlte sich sehr wohl in der Rolle eines Mäzens und eines engagierten "kulturellen Anstifters".

In sein Leben waren viele neue Menschen getreten, einige wenige wurden Freunde für immer. Die deutsche und internationale Wirtschaft achtete ihn (sie verdiente ja auch enorm an ihm), man wählte ihn in diverse Aufsichtsräte, überreichte ihm drei Dutzend Doktorhüte, ernannte ihn zum Ehrenmitglied vieler karitativer und kultureller Vereinigungen, kürte ihn mehrfach zum Ehrenbürger einiger Groß- und Hauptstädte dieser Welt, benannte Straßen, Alleen, Schulen, Universitäten und Parks nach ihm, errichtete ihm noch zu Lebzeiten Denkmäler in den Metropolen Europas, in den USA und sogar in Moskau, eine Ehrung, die er dankbar annahm, Präsidenten und Diktatoren, noch regierende und bereits abgedankte Könige und auch der Papst, sie alle empfingen ihn in Privataudienzen und erwiesen ihm die Ehre, verliehen ihm in Anbetracht seiner vielfältigen Verdienste um die Menschheit mehrere Dutzend Orden. Eine besondere Ehre wurde ihm zuteil durch die Verleihung des „L´Ordre national de la Légion d`Honneur", der ihm während eines Festaktes im Elysée-Palast feierlich vom jüngsten aller bisherigen französischen Staatspräsidenten überreicht wurde.

Kurz darauf erhielt er auch noch den Friedens-Nobel-Preis für sein Engagement im Nahen Osten, war es ihm doch (gegen den massiven Widerstand der USA) nach langwierigen Verhandlungen überraschend gelungen, endlich Frieden zwischen Israel und den Palästinensern zu stiften. Zwei Völker, die sich über viele Jahrzehnte auf grausamste Weise bekämpften, sie leben heute als zwei souveräne Staaten friedlich nebeneinander. Wer hätte das jemals für möglich gehalten?

Nebenbei gelang es ihm dann auch noch, Lybien, Algerien, Ägypen, Südafrika, Jordanien, den Irak, Syrien, den Iran und überraschend auch noch einige der angrenzenden Golfstaaten in die internationale Staatengemeinschaft einzubetten. Vergebens aber hatte er darum gekämpft, auch den Staaten Zentralafrikas einen Weg in die Demokratie zu ebnen. Dort hatte der Geist aus uralten Zeiten sich noch nicht mit dem Geist der Freiheit und der modernen Demokratie verbünden können.

Dafür jedoch brachte André du Bois-Chevalier das diplomatische Kunststück fertig, dem Nachfolger des einstmals in der Türkei autokratisch herrschenden Präsidenten Recep Tayyin Erdogan in vielen Gesprächen zu überreden, sein Land in die Demokratie zu führen und endlich auch der Gründung eines souveränen, längst überfälligen Kurdenstaates zuzustimmen.

Was dann auch geschah, so dass nun nach vielen Jahren despotischer Düsternis auch die Türkei ein vollwertiges Mitglied der neu formierten EU werden konnte und kein Journalist mehr Angst davor haben musste, wegen kritischer Bemerkungen zur Politik des Staatspräsidenten willkürlich zum Terroristen erklärt, in den Kerker geworfen, gefoltert und gelegentlich auch so ganz nebenbei bestialisch ermordet zu werden, so wie einst der die Staatsraison heraus fordernde Journalist Jamal Khashoggi. Der Mord an diesem mutigen Journalisten empörte die Weltengemeinschaft kurzfristig zwar heftig, doch mittlerweile ist auch dieses Verbrechen im Papierkorb des Vergessenes gelandet. Einzig seine Mörder und deren Auftraggeber leben auch weiterhin unbehelligt in ihren arabischen Märchenschlössern.

Fest steht indes aber auch: Seitdem ist in keinem arabischen Land mehr ein Schuss gefallen, den IS hatte die internationale Staatengemeinschaft besiegt und bis auf die Wurzeln aus dem Nährboden des Terrors und aus den Ängsten der Menschen entfernt, die zerstörten Länder wurden aufgebaut und architektonisch neu gestaltet, die Infrastrukturen ebenfalls neu geordnet und wieder hergestellt, das normale Leben hielt nun endlich wieder Einzug in den Dörfern und Städten. Einen solchen Anti-Exodus (späte Rückkehr in die Vergangenheit in Richtung Zukunft) hatte es in der Geschichte der Menschheit noch nie gegeben.

In keinem Land der Welt gab es mehr Migrantenprobleme, die gewaltigen Flüchtlingsströme waren Vergangenheit, Millionen einst aus ihren zerstörten Heimatländern nach Europa, nach Kanada, nach Australien und in die USA geflohene Menschen kehrten in ihre wieder aufgebauten Länder zurück. Die Welt lebte endlich im langersehnten Frieden, war es André du Bois-Chevalier doch nach langwierigen Vorverhandlungen im Verbund mit dem bereits in der dritten Amtszeit regierenden französischen Staatspräsidenten und der blaublütigen deutschen Kanzlerin schließlich auch noch gelungen, die Führer von Süd-und Nordkorea an einen Tisch zu locken, um über die Wiedervereinigung ihrer beiden Staaten zu verhandeln.

Nach drei Monaten härtester Überzeugungsarbeit war es vollbracht: Die tödlichen, von Blut getränkten Grenzanlagen und Mauern, die den Norden und den Süden bisher so schmerzvoll getrennt hatten wie einst auch die Mauer in Deutschland, diese Todeszonen wurden abgebaut und seit vielen Jahrzehnten getrennte Familien fielen sich weinend in die Arme. Die alte Kulturnation Korea war wieder vereint und zu neuem Leben erwacht.

Und wenn man im Rückblick über Grenzanlagen und Mauern nachdenkt, dann darf nicht unerwähnt bleiben, dass André Bois-Chevalier auch den neuen US-Präsidenten dazu bewegen konnte, die einst vom 45. Präsidenten der USA vor vielen Jahren an der Grenze zu Mexiko errichtete sechs Meter hohe Mauer aus Stacheldraht und Beton wieder abreißen zu lassen. Mit dieser Mauer-Abbau-Aktion kehrte die einstige Weltmacht Amerika, die sich während der nur vier Jahre dauernden

Regentschaft des 45. Präsidenten politisch vom Rest der Welt abgetrennt hatte, wieder als seriöser und verlässlicher Partner auf die internationale politische Bühne zurück. Ihre einstige, über mehrere Jahrzehnte andauernde Weltmachtstellung hatten die Vereinigten Staaten von Amerika allerdings für immer eingebüßt, da die durch den 45. Präsidenten der USA verursachten politischen und wirtschaftlichen Schäden einfach zu gewaltig waren. Noch gravierender war die von diesem Präsidenten, der sich selbst für den größten und erfolgreichsten Präsidenten aller Zeiten hielt, das war die grausame Spaltung der amerikanischen Gesellschaft, die das Land in eine tiefe und noch immer nicht beendete Sinnkrise und soziale Katastrophe geführt hat. Ein Bürgerkrieg konnte in allerletzter Sekunde gerade noch verhindert werden. Der Vorgänger des 46. Präsidenten hat das Kunststück fertig gebracht, die Großmacht USA und sich selbst vor der gesamten Weltöffentlichkeit vier Jahre lang auf peinliche Weise unglaubwürdig und lächerlich gemacht zu haben.

Und die Folge und historische Wahrheit daraus: Die vier neuen und den Ton angebenden Weltmächte waren nun Europa, Russland, China und Indien. Die Vereinigten Staaten von Amerika belegen gegenwärtig nur den unrühmlichen fünften Platz und haben, was noch schwerwiegender ist, ihren Ruf als „Stabilen Hort der Demokratie" möglicherweise auf lange Zeit eingebüßt.

Und mit eben den neuen „Herren der Welt" war André du Bois-Chevalier befreundet, denn auch ihren Ländern hatte er jahrelang viele Milliarden Euro für den Bau von Wohnungen, Schulen, Krankenhäusern und anderen sozialen Einrichtungen zukommen lassen.

Ja, das alles geschah innerhalb von nur acht Jahren, André du Bois-Chevaliers vielfältig globalen Kontakte verhalfen ihm also immer wieder dazu, an seinen Traum vom Weltfrieden auch weiterhin nicht nur glauben zu dürfen, sondern ihn auch in die Tat umsetzen zu können, was bekanntlich und nahezu allen Träumern und Utopisten im turbulenten Verlauf der Menschheitsgeschichte kein einziges Mal gelungen war.

Ja, so ging es dann in seinem Leben immer weiter und weiter, bis hin zu jenem Tag, an dem er eine noch größere, seine wohl bedeutendste Erfindung gemacht hatte.

Selbstverständlich hatten er selbst und seine kreative Tüftler-Crew nicht aufgehört, weltweit in seinem Sinne zu arbeiten und zu forschen, war er doch nun einmal das, was man einen leidenschaftlichen Erfinder und Forscher nennt. Vor allem aber verstand und sah er sich als Anhänger einer in seinen Augen absolut lebensfähigen Utopie, die nicht verpuffen sollte wie fast alle zu flüchtig und nur halbherzig angefangenen Utopie-Experimente bisher. Nein, er wollte seine Utopie von einer die ganze Welt umfassenden moralischen Erneuerung in die Tat umsetzen.

Wie aber sollte das gelingen?

Die so dramatische Geschichte aller technologischen und bisherigen wissenschaftlichen Erfindungen speist sich, wie man mittlerweile weiß, aus Genie, aus Fleiß, aus Beharrlichkeit, aus Erfahrung und aus zunächst unerklärbaren Zufällen.

Je mehr Erfindungen André Bois-Chevalier machte, um so größer wurde sein Respekt vor eben diesem nicht planbaren Zufall, der in seinen Augen nichts anderes war und ist als das logische Zusammenfinden aller bisher gemachten Erkenntnisse im Kopf eines Wissenschaftlers und Erfinders, wenn dieser zugleich auch über eine gehörige Portion Optimismus verfügt, die ihm Kraft verleiht, durchzuhalten, also niemals aufzugeben bei der Suche nach dem „Unmöglichen"...

Und so machte letztlich auch André du Bois-Chevalier abermals durch einen reinen Zufall die Erfindung des ausgehenden Jahrhunderts.

Ja, er war sogar geneigt, ohne dabei zu erröten, seine Erfindung als die bedeutendste Erfindung der letzten beiden Jahrtausende zu verstehen. Er erfand „Supervitas".

Wie bereits beim Finden von „Duftosa" (er belieferte natürlich auch weiterhin damit die Welt), so handelte es sich auch dieses Mal nicht um eine technische Erfindung, sondern um das Zusammenführen von verschiedenen pflanzlichen und ungefährlichen chemischen Substanzen in einer genau dosierten Mischung, deren Zusammensetzung zunächst nur André du Bois-Chevalier allein bekannt war. Und diese Erfindung hatte kurz darauf eine globale Sensation zur Folge.

„Supervitas" war ein Universalmittel, eine Bezeichnung, die sehr viele (wenn nicht sogar fast alle) Erfindungen und hoch gelobten Produkte absolut zu Unrecht für sich in Anspruch nehmen, vor allem auf dem Markt der Eitelkeit, der „gesunden Ernährung" in Verbindung mit den gigantischen Pharma-Lügen (garantierte Faltenlosigkeit, ewige Jugend und Schönheit, Gesundheit und fast schon vertraglich abgesicherte Unsterblichkeit).

Und „Supervitas" war (was er aber erst ein Jahr später erkannte), exakt das *„Mittel"*, auf das er gewartet hatte, um seinen Kindheitstraum von einer besseren Welt doch noch Wirklichkeit werden zu lassen. Ja, alles hat seine Zeit.

Hier einige Anwendungsmöglichkeiten: Man konnte daraus einen sehr aromatischen Kaffee und zugleich auch noch Fruchtsaftgetränke aller Geschmacksrichtungen zubereiten. Als Arznei auf sämtlichen Gebieten der Heilmedizin war seine Erfindung eine Revolution, konnte man doch durch Einnahme einer winzigen, aus „Supervitas" hergestellten Tablette auch bei schwierigsten Operationen auf den Einsatz aller traditionellen und bisher bekannten teuren Narkosemittel verzichten und auch der Krebs war in fast allen Erscheinungsformen heilbar, wenngleich auch noch immer nicht vollends besiegt.

„Supervitas" war außerdem auch noch als Schlaf- und Potenzmittel, als Verhütungsmittel und zum Würzen von Speisen geeignet. Auch als Haarwuchsmittel machte es im Handumdrehen Millionen Glatzköpfe in der Welt wieder zu behaarten Glückspilzen.

Ja, „Supervitas" eroberte in nur wenigen Monaten den Weltmarkt und noch nie in der schmerzvollen und blutigen Geschichte der Menschheit tummelten sich so viele gesunde Menschen auf der Erde.

Und wieder wurde André Bois-Chevalier reicher und reicher. Es begann das Schauspiel wie bereits zuvor, nachdem er „Duftosa" erfunden hatte. Nur noch pompöser, gewaltiger als beim ersten Mal. Abermals flossen die von ihm erwirtschafteten Milliarden in tausende sozialer Einrichtungen und kultureller Projekte. Er erneuerte die Welt und staunte tagtäglich darüber, dass er mit seinen Geldern den Menschen zu so viel Glück und zu einem neuen Lebensgefühl verhelfen konnte. Obwohl er ein Atheist war, ertappte er sich ganz beschämt immer wiedermal dabei, dass er (heimlich) seine Hände zum Gebet faltete und (ganz leise) Gott dafür dankte, dass er ihn auf diesen Weg geführt hat.

So ernannte ihn nun sogar ein aus etwa hundert Einwohnern bestehendes Dörfchen in der Provinz Kwiniwu am Kongo während einer Safari zum Ehrenbürger. Er bedankte sich bei diesen braven Leuten, indem er ihnen einen Brunnen, eine intakte Wasserleitung und einen betriebsbereiten Traktor zum Bearbeiten ihrer bislang stets verdorrten Felder schenkte.

Der Brunnen, die Wasserleitung und der Traktor, der ganze Stolz des kleinen Dörfchens, dessen Bewohner plötzlich Zukunft vor sich sahen, alles das kam nur ein einziges Mal zum Einsatz, nämlich bei der Einweihung, der André du Bois-Chevalier persönlich beiwohnte. Kurz danach wurde das Dorf von so genannten „Rebellen" überfallen und zerstört, Frauen und Kinder wurden entführt und in einigen Ländern Zentralafrikas und in arabischen Ländern als Sklaven verkauft, die Männer wurden brutal ermordet. Eine Nachricht, die André du Bois-Chevalier zwar erschütterte und sehr nachdenklich stimmte, die er jedoch rasch wieder aus seinem Bewusstsein entfernte, denn gar zu viel stürmte in jenen Tagen auf ihn ein.

Er wusste es sich nicht zu erklären, warum „Supervitas" und „Duftosa" im Kongo keine Wirkung erzielen konnten, obwohl er doch auch die Region beliefert hatte, in der sich dieses von ihm beschenkte und danach zerstörte Dorf befand.

Während ihm diese Frage kurz durch den Kopf ging, hatte er sich aus dem eigentlichen Geschäftsleben auf seine erst vor kurzem erworbene Insel im Mittelmeer zurückgezogen. Einmal wöchentlich musste ihm Bericht erstattet werden, ansonsten kümmerte er sich um sein globales Unternehmen herzlich wenig, hatte er doch (wie er meinte) einige fähige Köpfe um sich versammelt, die bereit waren, ihm in Treue zu dienen und denen er sein volles Vertrauen geschenkt hatte.

So saß er also in seiner Villa, vergnügte sich bisweilen im Pool mit schönen Frauen, spielte (wenn er allein war) Klavier oder sang besonders gern italienische Canzoni, aber auch Lieder von Schubert, Schumann und Brahms, mal begleitet von seinen französischen Pianisten-Freunden Jean-Paul Claux und Jacques Gillet oder von seinem Hamburger Haus-Pianisten Manfred Bergunde. Oder er spielte mit Freunden Tennis und Golf, segelte oder angelte und führte das Leben eines glücklichen Erfolgsmenschen, der sich aus der lärmenden Welt zurück gezogen hat in die Einsamkeit und Beschaulichkeit eines erfolgreichen und sinnerfüllten Lebens, als Krönung gewissermaßen für all das, was er bisher geleistet und den Menschen geschenkt hatte.

Ja, Stille, Rückzug, Nachdenken über alles, was er hinter sich gelassen hatte, Einkehr in sein „*wahres Ich*", all das bedeutete ihm heute mehr noch als gestern, machte ihn noch neugieriger auf das Morgen, auf die ihm noch verbleibenden Jahre, wohl wissend, dass seine Zukunft sich auf der Skala seiner Lebensjahre dem Ende zuneigte. Das erfüllte ihn mit ein wenig Trauer, zugleich aber auch mit Glück. Da in diesem Spiel das Glück aber stärker war als die leise Trauer, lebte und gestaltete André du Bois-Chevalier jeden Tag seines Lebens so, als ob es der letzte Tag sei. Von diesem Gedanken getragen empfing er vor allem seine besten Freunde, lud immer wieder auch Staatsoberhäupter, Wirtschaftsbosse und andere illustre Persönlichkeiten aus aller Herren Länder zu sich ein. Seine Gäste gehörten dem europäischen Hochadel an, kamen aus den einflussreichsten Kreisen der Politik, aus der Wirtschaft, aus Sport und Kultur. Sehen und gesehen werden lautete also das banale Motto, das Bois-Chevalier zwar duldete, doch auch zugleich hasste. Er war sich selbstverständlich darüber im Klaren, dass das Bindeglied zwischen allen an diesem Gesellschafts-Spiel teilnehmenden Personen einzig Lüge, Eitelkeit und Vorteilsdenken waren. Und da er „mitspielte" (auch als Regisseur), wusste er, dass auch er, bei Licht besehen, ein Lügner und ein Falschspieler war. Er hatte sich vorgenommen, noch einige Zeit in dieser Rolle zu brillieren, hatte er doch sein Ziel niemals aus den Augen verloren: Die Erschaffung einer besseren Welt, die getragen wird von einem neuen, höheren moralischen Bewusstsein.

Ja, in seinem Palast tummelten sich Schriftsteller (darunter viele Bestseller-Autoren), die auf seine Insel kamen, um seine Biographie zu schreiben, die berühmtesten Maler der Gegenwart erschienen, um ihn zu porträtieren, Musiker und Chansonniers (vor allem aus Frankreich) fanden sich ein, um ihn zu besingen.

Auf seiner Insel traf sich die Elite dieser Welt und es gab sogar Stimmen, die ernsthaft behaupteten, dass seine kleine Insel zur Zeit der geistige, der kulturelle und sogar der gesellschaftliche Mittelpunkt der großen Welt sei. Was er selbstverständlich für ein wenig übertrieben hielt, aber doch gern zu hören bereit war.

Natürlich kamen, es war unvermeidbar, auch Militärs zu ihm, hohe Offiziere aus West und Ost erwiesen ihm die Ehre, sie als Gäste zu empfangen.

Eines Tages weilte auch der deutsche General Eberhard von Graumann bei ihm, der vor einem Jahr überraschend zum Oberbefehlshaber der neu gegründeten EA (Europa-Armee) ernannt worden war, man kannte sich von gelegentlichen Zusammenkünften mal in jenem, mal in einem anderen Verteidigungsministerium und auch privat. Die beiden Herren waren sich von Anfang an sympathisch, freundeten sich rasch an, verstanden sich blendend und tranken vor allem leidenschaftlich gern französische Rotweine, am liebsten die Weine aus Bordeaux. Natürlich waren beide Herren auch Liebhaber der berühmten französischen Küche. Eine solche Leidenschaft verbindet gestandene Männer auf Anhieb und macht sie bisweilen sogar für immer zu Freunden.

An diesem Tag also plauderten die beiden Freunde angeregt über tagespolitische Ereignisse, tauschten

Gedanken über militärische Operationen in der Vergangenheit und Gegenwart aus, diskutierten über die Feldzüge der alten Griechen, der Römer und asiatischer Herrscher wie Dschingis Khan, bewunderten das hohe strategische Können der Feldherren zu jenen Zeiten, die geniale Pläne für Angriff und Verteidigung entworfen hatten, wie man sie auch heute noch nicht wesentlich besser hätte aufstellen können.

André du Bois-Chevalier erinnerte sich noch ganz genau daran, wie erregt und abfällig sich sein Gast gelegentlich über die Dummheit, über die Feigheit und besonders über den geradezu krankhaften Fanatismus und über den absoluten Gehorsam der deutschen Generalität und Admiralität im Dritten Reich geäußert hatte, die auf Geheiß des großen Führers blind in genau jene Falle tappten, in der bereits Napoleon so unwürdig zu Fall kam. „Russland zu überfallen", so sagte der General einst, „das war der Anfang vom bitteren Ende, das war der absolute Beweis dafür, dass nicht nur Adolf Hitler selbst, sondern auch die meisten seiner Elite-Generäle aus altem Adel und aus den höheren (neureichen) bürgerlichen Gesellschaftskreisen Scharlatane gewesen sind und beim Ablegen ihres Eids auf den Führer offensichtlich nicht nur ihren Verstand, sondern auch ihre Ehre eingebüßt hatten".

André du Bois-Chevalier musste nach diesen doch recht heiklen und gewagten Bemerkungen seines

Gastes jedes Mal heftig durchatmen und war höchst erstaunt darüber, was da so alles im Kopf eines einstigen Bundeswehrgenerals und nunmehr erstem Oberkommandierenden der Europa-Armee vor sich ging.

Am Abend vor der Abreise des Generals beschloss André du Bois-Chevalier, sozusagen als Abschiedsgeschenk, seinem Freund und sich selbst ein ganz besonders erfrischendes Getränk zu servieren. Er schüttete etwas pulverisiertes „Supervitas" in ein Weinglas, goss etwas normales, also herkömmliches Sprudelwasser hinzu, rührte solange im Glas herum, bis sich das gelbfarbene „Supervitas"-Pulver vollends aufgelöst und der Inhalt des Glases überraschend eine rote Farbe angenommen hatte, vergleichbar jenem magischen Rot, wie man es sonst nur bei allerfeinsten Bordeaux-Weinen und bei „Duftosa" entdecken kann.

Mit großer freundschaftlicher Geste überreichte André seinem illustren Gast das fertige Getränk, die beiden Männer prosteten einander fröhlich zu, versicherten sich ihrer gegenseitigen Hochachtung und ihrer ewigen Freundschaft.

„Ich fühle mich wie zwanzig und im Vollbesitz meiner Manneskraft" rief der General, nachdem er das erste Glas mit kleinen Schlückchen genüsslich ausgetrunken hatte und danach um ein neues Glas bat. André füllte das Glas des Generals abermals mit etwa der gleichen Mischung, kehrte selbst aber wieder zum edlen Bordeaux zurück. Der General trank sein Glas dieses Mal hastig aus und verlangte lautstark ein drittes.

Nachdem er auch dieses bis auf den letzten Tropfen geleert hatte, erstarrte und verharrte er einen Augenblick wie eine Statue, stellte dann das nunmehr leere Glas zeitlupenartig auf den Rauchtisch, erhob sich mühsam aus dem Sessel, streckte sich kräftig, breitete seine Arme weit aus so wie ein Vogel seine Flügel ausfährt, um sich in die Lüfte zu erheben und umarmte den Gastgeber plötzlich unter Tränen, was diesem höchst peinlich war. Der General, so mutmaßte André, er musste offensichtlich betrunken sein.

Aber wovon?

Alkohol in größeren Mengen hatte der General an diesem Abend jedenfalls nicht zu sich genommen, außer und während des Abendessens, an dem er aber lediglich zwei Gläser von dem geliebten Rouge aus Bordeaux mit Genuss geleert hatte.

Wie aber ließ sich das unerklärbare, groteske Verhalten des Generals dann erklären?

Sollte am Ende gar das zusammen gemixte Getränk aus „Supervitas" und Sprudelwasser daran beteiligt und somit die Ursache für das so befremdliche Verhalten des Generals gewesen sein?

Während André du Bois-Chevalier allerlei Überlegungen anstellte und es in seinem Kopfe zuging wie in einer Kesselschmiede um 1900, da nahm der General seine Arme von Andrés Schultern, schaute ihn und alle anwesenden Damen und Herren auf sehr merkwürdige Weise an und begann sich auszuziehen, das heißt, er schickte sich an, seine mit vielen glitzernden Orden behangene Generalsuniform auszuziehen.

Kollektives Schweigen im Raum, angefüllt mit Fassungslosigkeit, stiller zu sein als die in diesem Augenblick im Raum herrschende Stille war akustisch und physikalisch nicht mehr möglich.

Als der General seine Uniform ausgezogen hatte, nur noch in grünlichen Socken und olivfarbener Unterwäsche vor entgeisterten Gästen stand, da legte er seine Uniform sorgfältig wie ein Preuße auf den vor ihm stehenden Stuhl.

André du Bois-Chevalier und alle seine Gäste schauten dem General ebenso fasziniert wie entsetzt und völlig sprachlos zu, eine absurde Szene hatte gewiss keiner von ihnen jemals zuvor erlebt.

Ja, der Mensch ist (und wird es bleiben für alle Zeit) ein rätselhaftes Wesen, zu allem fähig, in seiner Persönlichkeit, in seinem Denken und in seinem Verhalten rational niemals völlig erklärbar. Ein ewiges, böses Rätsel.

Während André du Bois-Chevalier über diesen in seinem Kopf auftauchenden Gedanken kurz nachdachte, da sprach der General mit fast tonloser Stimme: „Ich war mit Leib und Seele Soldat, 45 Jahre trug ich stolz meine Uniform als Bürger der Bundesrepublik Deutschland, ich habe in Berlin als Kind die letzten Tage des 2. Weltkrieges erlebt, hörte die Sirenen vor und nach den Explosionen der vom Himmel fallenden Bomben, die Schmerzensschreie der Verwundeten drangen in meine kindliche Seele, ich hörte das Weinen von Müttern um den Tod ihrer Kinder und ich höre noch heute in Albträumen das Wimmern und das Schreien der Kinder, die sich an den Leibern ihrer getöteten Eltern festkrallten, ich habe das Elend und die Not der Menschen in jener Zeit mit meinen eigenen Augen gesehen und so bekam ich bereits zu Beginn meines Lebens mit, wie Männer und Frauen, wie Kinder, wie Großväter und Großmütter, auch wie Grauchen, meine Lieblingskatze qualvoll sterben mussten, ich hörte aus Erzählungen meiner Mutter, wie Dörfer, Städtchen und ganze Großstädte in Trümmern und Asche versanken und bin einige Jahre nach Kriegsende dennoch Soldat geworden. Erst heute, in diesem Augenblick habe ich begriffen, dass diese Jahre verlorene Jahre sind, Jahre, die mir alles geraubt haben, meine Jugend, meine Ideale, meinen Glauben an Gott und an alle Menschlichkeit und an das Gute in unserer Welt, ich habe alles verloren, wovon ich einst glaubte oder zumindest glauben wollte, es würde mich zu einem besseren Menschen machen. Nun habe ich genug davon und höre auf, Soldat zu sein".

Für Bruchteile von nicht endenden Sekunden hatten die Welt, die Zeit und alle Anwesenden im Raum aufgehört zu atmen.

Noch ganz bleich und erschöpft ließ sich der General in den Sessel fallen und rang mühsam wie ein Asthmatiker um Atem. Gewiss, der Mann, so empfand es André du Bois-Chevalier, hatte recht und es war durchaus sehr mutig von ihm, es auch auszusprechen, aber seine wahren Gefühle, seine Gedanken, sein Nachdenken über sein Tun, über die Nutzlosigkeit des Militärs zu allen Zeiten und auch heute, darüber aber ausgerechnet und so offen vor allen Gästen zu sprechen (es waren Diplomaten und andere hohe Persönlichkeiten aus vielen Ländern anwesend), das empfand André du Bois-Chevalier als Zumutung und auch als äußerst geschmacklos.

Freundschaft hin, Freundschaft her, das war zu viel des Guten. Er machte den General höflich, doch energisch darauf aufmerksam, dass er in diesem Aufzug (ein deutscher General vor Publikum in Unterhosen: ist das überhaupt denkbar?) unmöglich hier noch länger verweilen könne und bat ihn darum, sich diskret in sein Zimmer zurück zu ziehen. Wortlos erhob sich der General und schwankte wie ein Sterbender hinaus.

Immer noch Totenstille im Raum. Unfassbar erschien noch immer allen Anwesenden diese groteske, nicht fassbare Situation. Filmreif war sie auf jeden Fall.

Während seine aus unterschiedlichsten Gesellschaftskreisen kommende Gästeschar diesen Zwischenfall zunächst verschämt belächelte, dann jedoch wohl rasch wieder vergessen zu haben schien oder zumindest in sich zu verdrängen versuchte, da schwirrten André du Bois-Chevalier die absonderlichsten Gedanken durch den Kopf.

Zunächst überlegte er, wie viele Gläser sein Freund getrunken hatte.

Es waren drei.

Dann versuchte er sich daran zu erinnern, in welchem Mischverhältnis sich „Supervitas" und Sprudelwasser bei der spontanen Zubereitung des „Abschiedsgetränkes" befunden haben.

Und er fragte sich vor allem, ob das seltsame, so überaus befremdliche Verhalten des Generals tatsächlich oder überhaupt etwas mit seinem „Supervitas" zu tun haben könnte.

Ja, es musste wohl so und konnte auch nicht anders sein, eine andere Erklärung vermochte er sich in diesem Augenblick jedenfalls nicht zu geben. Er musste also vor allem und ganz rasch eine Antwort auf die Frage finden, welche Rolle sein „Supervitas" in diesem grotesken und vielleicht sogar schicksalhaften Spiel tatsächlich gespielt haben konnte.

Bald darauf schickte er seine Gäste auf ihre Zimmer und saß noch eine Weile grübelnd auf der Terrasse. Er hatte nach dem Seelen-und Uniform-Striptease des Generals in diesem Augenblick keinen Blick mehr für die Schönheit der südlichen Nacht, zu sehr stand er noch immer unter dem Eindruck des soeben Erlebten. Es war alles so absurd. Wenn sich diese unglaubliche Szene nicht direkt vor seinen Augen abgespielt hätte, dann würde er es einfach nicht glauben wollen und eher vermuten, dass alles nur ein sonderbarer Traum oder eine Satire auf das Soldatentum gewesen sei.

Er beschloss, dieser so merkwürdigen Sache, Traum hin, Satire her, auf jeden Fall nachzugehen, er wollte und musste das Geheimnis im Gehabe des Generals ergründen.

Und so braute er sich (die genaue Mischung war ihm inzwischen wieder eingefallen) ein Getränk wie zuvor für den General aus „Supervitas" und Sprudelwasser, nahm danach auf einem Sessel Platz und trank das Glas mit kleinen Zügen aus.

Und wartete.

Nichts geschah.

Er mischte und füllte ein zweites Glas, trank auch dieses langsam, besonders bedächtig aus, um die von ihm erwartete Wirkung an und in sich zu spüren.

Doch wiederum geschah zunächst nichts in und mit ihm. Waren alle seine Schlussfolgerungen und Wahrnehmungen zuvor also „für die Katz"?

Schließlich mischte und trank er dann das dritte Glas. Und er musste nicht mehr lange warten.

Plötzlich wurde ihm sehr heiß, sein Puls raste, das Pochen seines Herzens wurde immer lauter, dann aber stellten sich absolute Stille und große Ruhe in ihm ein, es war ihm, als säße er in einem Kino und würde einen aufregenden Film in den allerschönsten Farben sehen zu einer himmlischen Musik, die ihn zu verzaubern begann. Plötzlich bemerkte er, dass der Hauptdarsteller in diesem Film genau so aussah wie er.

Ein Doppelgänger, eine Halluzination? Ja, er war es tatsächlich, er schaute in sein Leben und in sein *Ich* hinein und sprach im Film die Worte, dabei auf ihn im Saal weisend: „Du hast einen großen Traum, verwirkliche diesen Traum, Du kannst es, nur du vermagst einen solchen Traum in Wirklichkeit zu verwandeln, denn du hast das Mittel dazu gefunden". Dann war der Film abrupt zu Ende.

André du Bois-Chevalier erwachte und fühlte sich seltsam erregt, saß noch immer im Sessel, hielt das leere Glas in seiner rechten Hand, war etwas verwirrt und auf eine wundersame Weise euphorisch. Wie sagte doch der General: „Ich fühle mich wie zwanzig und im Vollbesitz meiner Kräfte".

Das war wie ein Signal für ihn, es war das besondere Zeichen auf der letzten, noch unbeschriebenen Wand seines Schicksals, auf das er seit vielen Jahren gewartet hatte.

Doch bevor er Gas geben kann, musste noch ein kleines Problem gelöst werden: Beim General und im Versuch mit sich selbst trat die Wirkung erst nach dem Leeren des dritten Glases ein. Das musste geändert werden.

André du Bois-Chevalier erhob sich aus dem Sessel und begab sich in das kleine Hauslabor, das er sich eingerichtet hatte, um darin immer wieder mal experimentell auszuprobieren, was ihm gerade in den Sinn gekommen war. Er mischte und probierte so lange, bis er sicher war, dass sich die Wirkung bereits nach dem Austrinken eines einzigen Glases einstellte. Nun musste er nur noch handeln.

Einem plötzlichen Impuls folgend lud er bereits vier Tage später zunächst drei hochrangige mit ihm befreundete Offiziere zu sich ein, um ihnen seinen „Supervitas-Cocktail" zu präsentieren.

Keines der drei „Versuchskaninchen" wusste von der gleichzeitigen Anwesenheit der anderen (ein jeder wurde in einem separaten Haustrakt untergebracht) und es konnte auch keiner ahnen, was André du Bois-Chevalier mit ihnen tatsächlich vorhatte. Es sollte alles diskret ablaufen, da jede zu früh in die Welt hinaus getragene Information die „Aktion Humanitas" (diesen Code-Namen hatte André du Bois-Chevalier dem Unternehmen gegeben) gefährden könnte.

Drei Versuche an drei Offizieren, ein jeder Versuch erwies sich als Volltreffer. André du Bois-Chevalier war glücklich, denn prompt trat ein, was er insgeheim erhofft und was er ja bereits mit dem General erlebt hatte: Die drei Offiziere zogen nach dem Genuss eines „Supervitas-Coctails" ihre Uniformen aus, bekannten sich enthusiastisch zum Frieden, erklärten sich zu erbitterten Gegnern aller Gewalt und beschlossen, von nun an alle ihre Kräfte zum Wohle der Menschheit und für den Aufbau einer neuen, schöneren und einer humaneren Welt einzusetzen, für eine Welt, in der es nie wieder Krieg geben werde. André du Bois-Chevalier schwelgte nun in allerhöchstem Glück, endlich konnte er mit seinem Werk beginnen und auch vollenden, was sich bereits im Alter von acht Jahren als abstrakte Idee in seinem kindlichen Bewusstsein festgesetzt hatte. Jetzt musste gehandelt werden.

An einem heißen Junimorgen verließ er seine Insel und landete überraschend am frühen Abend mit einer Privatmaschine in der deutschen Bundeshauptstadt.

Die Medien vermuteten natürlich sofort, dass André du Bois-Chevalier wieder einmal mit einer großen Erfindung im Gepäck herbei geeilt sei. Sein plötzliches Erscheinen in Berlin brachte für einen Augenblick den Weltenlauf ins Stocken. Die internationale Presse erging sich in tausenderlei Vermutungen und Rätseln, jedermann fragte sich und befragte emsig andere, um was für eine Erfindung es sich dieses mal wohl handeln könne.

Und in der Tat: André du Bois-Chevalier brachte zwar keine neue Erfindung mit, denn die Idee vom Frieden und das Suchen nach eben diesem Frieden in der Welt, das alles ist ja ebenso alt wie das Bedürfnis der Menschen, sich einander immer wieder die Schädel einzuschlagen.

Beruht diese Tatsache, so fragte sich André du Bois-Chevalier immer wieder mal, auf dem Vorhandensein eines schicksalhaften, irreparablen Gen-Defektes am Menschen schlechthin oder ist es allein und ganz plump gefragt die Verführbarkeit und die Dummheit, die ganze Völker und Staaten immer wieder so grausame Kriege führen lässt?

Er wusste darauf natürlich keine Antwort und weiß es auch noch heute nicht so genau, vermutet aber, dass es wohl doch vor allem die Dummheit im Verbund mit der Gier nach immer mehr Reichtum und Macht ist, die den Menschen grundsätzlich, insbesondere aber Politiker und globale Multikonzerne dazu verleiten, sich gegen alle Gesetze des Lebens, der Menschlichkeit und der Natur zu versündigen.

Wie auch immer.

Bereits einen Tag darauf hatte er seine engsten Mitarbeiter um sich versammelt und die Order ausgegeben, dass ab sofort die Produktion von „Supervitas" auf Hochtouren zu laufen habe.

Nachdem er seine Weisungen gegeben hatte, telefonierte er zunächst mit dem deutschen Verteidigungsministerium. Da er den Minister persönlich sehr gut kannte (man spielte oft Billard miteinander), gelang es ihm bereits nach kurzer Unterredung (ohne den Minister in das Geheimnis seiner

Mixtur und seines Vorhabens einzuweihen) Lieferaufträge für „Supervitas" an alle Kasernen in der Bundesrepublik zu erhalten.

Ja, gute und persönliche Kontakte zu den Herrschenden können bisweilen sehr nützlich sein.

Vergnügt rieb sich André du Bois-Chevalier die Hände und ließ sich nach und nach mit allen ihm persönlich bekannten Kriegs-und Verteidigungsministern Europas sowie in vielen anderen Ländern verbinden. Auch dort gelang es ihm dank seiner guten Beziehungen, sofort und unbürokratisch Lieferaufträge zu erhalten. Das alles geschah innerhalb von nur zwei Monaten.

Und das Schauspiel begann, wahrhaftig das größte Schauspiel der letzten beiden Jahrhunderte.

Es fiel ihm zunächst schwer zu glauben, was sich auf allen Kontinenten rund um die Uhr abspielte: Zu Millionen zogen Soldaten nach dem Genuss von „Supervitas" – vom Gefreiten bis zum General – ihre Uniformen aus und verließen singend und in unübersehbaren Scharen ihre Kasernen. Jahrelang hatten doch alle Staaten verkündet, ihre Armeen zu verkleinern und abzurüsten, atomare Waffen zu vernichten. Alles nur leeres Gerede, nichts als geschickt vorgetragene Phrasen, Lügen und trickreiche Ablenkungsmanöver. Wenn auch der Auftakt zu diesem gigantischen Schauspiel André du Bois-Chevalier anfangs etwas die Sprache verschlagen hatte, so wurde er letzten Ende doch nur in seiner Einschätzung bestätigt, dass man den Worten der Politiker niemals trauen kann und wohl auch nie wieder Glauben schenken darf (was er schon sehr früh in seinem Leben erkannt hatte).

Die Welt stand Kopf.

Eine gewaltige Welle der Verbrüderung raste über die Länder hinweg. Kommunisten und Kapitalisten, Moslems und Juden, Christen und Heiden, Menschen aus den abendländischen Kulturen und Menschen aus allen asiatischen und fernöstlichen Regionen und Religionen, Menschen aus Nord- und Südamerika und aus dem Rest der Welt lagen sich in den Armen und wurden Brüder. Eine neue Epoche schien angebrochen zu sein, eine Epoche der Liebe und der Humanität, des Verstehens, der Brüderlichkeit und der Toleranz. Die Träume aller Romantiker von einer besseren Welt und die kühnen Visionen der Humanisten und der Philosophen, die sich im Verlauf von zweitausend Jahren niemals erfüllen konnten, sie wurden überraschend allerschönste Realität in nur wenigen Wochen nach Auslieferung seines Zaubertrankes in die Kasernen weltweit. André du Bois-Chevalier wähnte sich am Ziel seiner Wünsche und der Erfüllung aller seiner Träume von der Erschaffung einer neuen Welt.

Doch er hatte sich zu früh gefreut. Es konnte selbstverständlich nicht ausbleiben, dass in den Kriegsministerien und Regierungskreisen hektisch nach den Ursachen dieser völlig unerwarteten, so unheilvollen Entwicklung geforscht wurde.

Man rätselte und prüfte und forschte und fand zunächst keine Erklärung für das, was da weltweit Tag für Tag geschah. Wissenschaftler aus allen Sparten, Chemiker und auch Physiker, besonders jedoch Psychologen, Psychiater und Soziologen wurden eingespannt, um so rasch wie nur möglich den „Krankheitserreger" (wie sich die Regierungssprecher ausdrückten) zu finden und zu vernichten. Die Untersuchungen erstreckten sich über mehrere Wochen.

Die eingesetzten Untersuchungskommissionen gelangten zu keinem Ergebnis und wären sehr wahrscheinlich auch nie zu einem Ergebnis gelangt, wenn nicht der engste Mitarbeiter (nur er und André du Bois-Chevalier wussten um das streng gehütete Geheimnis von „Supervitas") zum Verräter geworden wäre. Das Prinzip der „Dreißig Silberlinge" stirbt eben niemals aus.

Ein ihm zugeneigter Minister aus Frankreich warnte ihn und so konnte er noch kurz vor dem Eintreffen der EGP (Europäische Geheimpolizei) an einen unbekannten Ort in der Provence fliehen.

In allen Ländern gelang es den Regierungen, Sonderkommandos zu gründen, die den Auftrag hatten, alle seine Fabriken in die Luft zu sprengen und dafür zu sorgen, dass „Supervitas" aus dem Verkehr gezogen und ebenfalls sofort vernichtet werde. Gleichzeitig begann eine fieberhafte Suche nach ihm, dem Drahtzieher dieser (wie es in Regierungskreisen hieß) „das Gefüge der Welt erschütternden und den Frieden bedrohenden Aktion".

Es begann eine Säuberungsaktion, wie sie die Welt in den beiden letzten Jahrhunderten (sieht man einmal ab vom Wüten Hitlers, Stalins und der ihnen nachfolgenden Tyrannen) noch nicht erlebt hatte, wobei sich einige Länder durch besonders harte Praktiken auszeichneten, da diese Methoden in der Vergangenheit, plötzlich neu entfacht, immer schon fester Bestandteil ihrer traditionellen Regierungsformen waren, wie zum Beispiel groß inszenierte Schauprozesse, Massenhinrichtungen und dergleichen mehr. Von seinen einhundertfünfzig Millionen Mitarbeitern in siebzig Ländern fielen wegen „Mittäterschaft" zwei Millionen diesen Säuberungsaktionen zum Opfer. Nach späteren Auswertungen geheimer Unterlagen aus den Archiven der jeweiligen Länder wurden 200.000 von ihnen zum Tode, der Rest weltweit zu hohen Gefängnisstrafen und zur Zwangsarbeit in Kohlegruben und Steinbrüchen verurteilt. Der Franzose würde sagen: „ C`est la vie".

Diejenigen, die „Supervitas" genossen hatten, standen noch immer unter der Einwirkung dieses Getränkes und weigerten sich hartnäckig, in die Kasernen und in den alten Drill zurück zu kehren.

Was natürlich nicht ausbleiben konnte: Es gab Schlägereien, es kam zu Schießereien, es floss Blut, Freundes- und Feindesblut, durch Kriege zerstörte und gerade wieder aufgebaute und zu neuem Leben erwachte Städte wurden abermals verwüstet und es endete so, wie es immer schon geendet hatte in der blutigen Geschichte der Menschheit. Erneut siegte das Dreigestirn „Die Rache, das Böse und der Tod".

Der Verrat eines Freundes (wann war die Welt je frei davon?) lieferte ihn dem Gericht aus. Es kam zu einem Aufsehen erregenden Prozess und – Ironie des Schicksals oder der Geschichte – dieser Mammut-Prozess fand auch noch in Nürnberg statt.

So hatte also auch André du Bois-Chevalier seinen privaten „Nürnberger" Prozess, was ihm nicht wenig schmeichelte, trotz des traurigen Anlasses.

Auch musste er daran denken, dass hier einst monsterhafte Männer auf der Anklagebank saßen, die von den Siegern des Zweiten Weltkrieges wegen ihrer grausamen, noch immer so unfassbaren Verbrechen an der gesamten Menschheit angeklagt und gerichtet worden sind. Zu Recht.

Nun saß er, der die nichtarischen Menschen nicht ausrotten wollte, sondern etwas für die gesamte Menschheit hatte tun wollen, auf denselben hölzernen Bänken wie einst die Mitmacher und eilfertigen Handlanger bei der Umsetzung einer teuflischen germanischen Ideologie.

Hunderttausende von Protestschreiben seiner Anhänger aus aller Welt trafen täglich ein, in denen seine sofortige Freilassung gefordert wurde, aber es gab auch Briefe (besonders aus dem Lager der Militärs und der internationalen Waffenlobby) und übelste und widerliche Texte in den sich erstmals öffnenden sozialen Medien, die auf seinen sofortigen Tod bestanden. Ja, was stand da nicht alles an Unrat, an Hass, an geistigem Müll und an Zynismus in den anonymen Briefen und in widerlichen Mails: erhängen, erschießen, füsilieren, ertränken, von zwei Pferden auseinanderreißen und zu Tode schleifen lassen, mit Zyankali oder mit Rattengift füttern, von Löwen auffressen lassen und dergleichen mehr. Und das im 20. Jahrhundert, dem ein 21. Jahrhundert folgen wird. Nicht weit ist der Schritt von heute in die Barbarei von gestern.

Die Anklage warf ihm massiven Hochverrat an der Weltengemeinschaft vor, Verführung aller Völker, Ungehorsam und Undank gegen das eigene Land, besonders auch gegen die sich gerade neue formierende europäische Staatengemeinschaft und deren militärische Sicherheit, womit er letztlich auch die gesamte Weltengemeinschaft gefährdet habe.

Dieser Auffassung schlossen sich zu seiner großen Überraschung übrigens auch der Weltsicherheitsrat und die UNO-Vollversammlung an, also jene zwei so wichtigen Einrichtungen, von deren Entscheidungen die Zukunft der Menschheit (wie man stets erhofft) ebenfalls abhängt. Drei Monate zuvor erst hatte er vor diesen hohen Gremien einen Vortrag gehalten, in dem es um die Beendigung aller damals stattfindenden Kriege, um Bekämpfung und Überwindung so genannter humanitärer Katastrophen und um den Wiederaufbau all jener Länder ging, die von jahrelangen Kriegen und Terror in Schutt und Asche zerbombt worden waren.

Für seine kühnen Thesen und für seine konstruktiven Vorschläge und realisierbaren Konzepte erhielt er allergrößtes Lob aus dem Munde von den Vertretern aller in diesen Foren vertretenen Staaten. Und nun diese abrupte Kehrtwendung. Ja, seltsam ist der Mensch nicht nur in seinem Wahn. Er hatte auf einen Verteidiger (die berühmtesten unter ihnen hatten sich ihm zu Dutzenden angeboten) verzichtet und beschlossen, sich selbst zu verteidigen. Während seiner fünfmonatigen Untersuchungshaft hatte er sich gewissenhaft auf den Prozess vorbereiten können.

Dann war es soweit, der Prozesse wurde eröffnet und via Satellit weltweit live übertragen, das Spektakel konnte beginnen. Der Saal war überfüllt von Schaulustigen, von Journalisten und Berichterstattern aus über 150 Ländern. Nach den eisigen Plädoyers der drei Hauptankläger, die bezeichnenderweise auf Zeugenbefragungen zu seinen Gunsten verzichtet und nur jene (gekauften) Stimmen in den Zeugenstand gebeten hatten, die ihn mit den absurdesten Argumenten belasten sollten und die bereits vor Prozessbeginn öffentlich seinen Kopf gefordert hatten, war schließlich er an der Reihe und hielt offensichtlich eine glänzende Verteidigungsrede, bat ihn doch bereits während einer kurzen Rede-Pause einer der bekanntesten Verleger Europas darum, seine Verteidigungsrede als Buch herausgeben zu dürfen. Gut gelaunt sagte er zu.

Er wusste gut und selbstbewusst zu formulieren, entkräftete alle gegen ihn vorgebrachten und ihn belastenden Argumente mit stichhaltigen Gegenargumenten, redete mit Schwung und fühlte sich wohl dabei. Und er hatte Erfolg damit.

Es wurde im Saal heftig applaudiert, nachdem er mit Stentorstimme seinen Freispruch forderte. Als er seine Verteidigungsrede beendet hatte, da waren alle Anwesenden im Saal sehr beeindruckt, er hatte sogar einige Geschworene, die zuvor noch gegen ihn gestimmt hatten von der Richtigkeit seiner Ideen und von deren Umsetzung überzeugen können.

Die Herren (unter den Geschworenen gab es seltsamerweise nicht eine einzige Frau) zogen sich zur Beratung zurück.

Ein Wachtmeister (ein sympathischer Kerl, der ihm anvertraute, dass er zu Hause noch eine Flasche „Supervitas" habe und vor dem Schlafengehen stets einen Schluck daraus nehmen würde) führte ihn in seine Zelle zurück, in der es ihm an nichts mangelte.

Am späten Nachmittag hatte sich das Geschworenengericht einigen können, die Verhandlung wurde fortgesetzt, die Ankläger verkündigten dann gegen achtzehn Uhr das Urteil: In Anbetracht seiner zahlreichen Verdienste, die zwar seine Vergehen nicht rechtfertigen können, habe sich das internationale Geschworenengericht darauf geeinigt, ihn unter gewissen Auflagen frei zu sprechen, aber seinen ganzen Besitz und alle seine Gelder einzuziehen. Weiterhin, so fuhr der Hauptankläger fort, bestünde das Urteil aus zehn Verboten. Er zählte einige davon auf und versuchte, diese Verbote zu begründen. So wurde dem Angeklagten zum Beispiel untersagt, künftig weder Erfindungen zu machen noch Geschäfte zu tätigen, die es ihm gestatten könnten, erneut zu größeren Geldsummen zu gelangen, ferner habe er ab sofort und für immer sämtliche freundschaftlichen und gesellschaftlichen Kontakte und Beziehungen zu Konzernen aller Arten, zu Regierungen, Ministern und zu Offizieren weltweit abzubrechen. Und so weiter. Sein künftiger Aufenthaltsort werde die Insel St. Helena sein (seine dortige Villa hatte das Gericht ihm aus Barmherzigkeit überlassen), also jenes Eiland, auf dem einst auch Napoleon die letzten Jahre und Tage seines dramatischen Lebens zubringen durfte. Das wertete er als eine große historische Ehre.

Er nahm das Urteil an, was blieb ihm denn auch anderes übrig.

Der Prozess war also zu Ende und er war noch einmal glimpflich davon gekommen, musste weder in einem Kerker schmoren noch Platz nehmen auf dem elektrischen Stuhl (so wie es der amerikanische Ankläger zunächst gefordert hatte). Tausende seiner aus aller Welt nach Nürnberg gekommenen Anhänger geleiteten ihn im Triumphzug singend zum Flugplatz, von dem er dann am späten Abend nach St. Helena ausgeflogen wurde. Das hat man nun davon, wenn man eine schicksalhafte Erfindung macht, sagte er sich und musste lächeln. Seine Gelder (es waren viele Milliarden Euro) und auch alle seine weiteren Besitztümer (die Fabriken waren ja bereits zerstört) wurden beschlagnahmt, um als Wiedergutmachung an der zu Schaden gekommenen Menschheit allgemein nützlichen Zwecken zugeführt zu werden. Das sah, obwohl es die Regierungen eifrig zu verbergen versuchten, so aus: Man errichtete neue Kasernen, konstruierte noch bessere, noch tödlichere Waffen, modernisierte Ausrüstungen und vergrößerte die Armeen. Und das taten fast alle Nationen, da eine jede glauben musste, sie sei durch dieses Malheur ins Hintertreffen geraten. Niemand getraute sich, dem anderen die Größe seines Verlustes mitzuteilen, was ja durchaus zu verstehen ist, denn wer zeigt sich schon gerne nackt, vor allem dann, wenn diese Nacktheit auch noch befleckt ist. Ein Umstand, der zwangsläufig erneut zu Unaufrichtigkeit, zu Bluff, zu Phrasen, zu Einschüchterungen und Drohungen führt, und damit das Tor zu weiteren Kriegen und Weltkatastrophen weit aufstößt.

Doch das scheint ihm ebenso ein Charakterzug des Menschen wie ein Wesenszug seiner und aller Zeiten gewesen zu sein, über den er sich nicht weiter mehr den Kopf zerbrechen wollte, musste er doch erkennen, dass er an all dem nun gar nichts mehr zu ändern vermag: Mensch bleibt Mensch, vor allem in seiner negativen Erscheinung und in seinem Wahn und in seiner Gier, immer noch reicher und mächtiger sein zu wollen.

Ja, so zerplatzten offiziell seine Träume vom Frieden und von einer besseren Welt, was ihn jedoch nicht daran hindern konnte, auch weiterhin an eben diesen großen Traum zu glauben.

Inzwischen war seine Verteidigungsrede als Buch erschienen, übersetzt in 145 Sprachen, sie erklomm bereits nach vier Wochen sämtliche Bestsellerlisten weltweit, sein Frankfurter Verleger wurde reicher und reicher und fett dabei, Honorare und Tantiemen durften nicht auf seine (natürlich längst eingefrorenen und von der Politik geplünderten) Konten eingezahlt werden.

Das alles erbitterte ihn nicht, denn wer so viel Geld in frisch gedruckten Scheinen gehabt hatte wie er einst, den schmerzt der Verlust des Geldes wahrlich nicht mehr. Im Grunde hatte er sich nie etwas daraus gemacht, es war ihm daher auch nie in den Sinn gekommen, sich am ekstatischen Tanz um das „goldene Kalb" zu beteiligen.

Er begann über sein dramatisches Leben nachzudenken und kam zu dem Schluss, dass sein Traum von der Erschaffung einer besseren Welt wohl ebenso sinnvoll wie naiv, ja vielleicht sogar mehr als nur einfältig gewesen war. Doch eines Versuches, davon war er bis zu seinem plötzlichen Tod vor einigen Jahren fest überzeugt, war es allemal wert. Und so versteht man auch, warum er in seinem Testament festgelegt hatte, was auf seinem Grabstein dereinst stehen soll:

„Einen Traum mir zu erfüllen, den Traum meines Lebens: Frieden in die Welt zu bringen, ich habe es versucht, es war vergebens. Wenn ich dereinst wiederkehren sollte, dann werde ich es abermals versuchen und ich weiß, es wird mir gelingen".

Plötzlicher Tod in Timmendorf

Eines Tages, wie sonderbar,

entdeckte ich,

dass ich nicht wirklich ICH,

sondern ein völlig Fremder

in mir war

Da machte eiligst ich

nach dem ersten Schreck

auf die Suche mich

nach meinem wahren,

mir noch unbekanntem ICH

Doch so sehr

und wo immer in der Welt

eifrig ich auch suchte,

ich fand mich nicht

Da kehrte traurig

und zugleich erleichtert ich

zu dem Fremden in mir zurück,

war der inzwischen ans Herz

mir doch gewachsen

und viel tausendmal vertrauter

als mein mir unbekanntes,

noch immer

nicht gefundenes ICH

Das nur kurz aufblitzende Mündungsfeuer, das aus dem Lauf der kleinen, versilberten und mit Perlmutt verzierten Mauser hervorschoss wie die todbringende Zunge aus dem Maul der Schwarzen Mamba, es blendete ihn stark und verursachte für Bruchteile von Sekunden einen höllischen Schmerz hinter seiner nach außen hin stark gewölbten Stirn und an den ebenso gewölbten Innenwänden seiner entzündeten Augenhöhlen. Instinktiv schloss er die Augen, um diesen Schmerz zu mildern.

Nach dem Verlöschen des Mündungsfeuers hatten sich die kleinen weißgelbrotgrauen Nebelschwaden dann aber rasch aufgelöst und die ihn zuvor so plagenden Schmerzen in den Augenhöhlen waren ebenfalls nicht mehr vorhanden.

Es herrschte plötzlich eine mystische Stille, es kam ihm so vor, als hätte das Universum das Atmen vorübergehend oder gar für alle Zeit eingestellt. Es war eine unheimliche Stille, akustisch und physikalisch nicht mehr messbar.

Was nur hatte das alles zu bedeuten?

Wo befand er sich, war er gerettet, gerettet vor wem, gerettet wovor?

Ja, gerettet, so wollte er es sehen.

Und so fieberte er, nachdem die kleine Pistole aus seiner Hand wie ein Blatt von einem sterbenden Baum gefallen war und auf dem blutigen Teppich vor dem Bett aufprallte, von großer Ungeduld getrieben, dem vielleicht größten Abenteuer seines neuen Lebens entgegen: Endlich nun würde er wissen, wer er war, warum es ihn gegeben hatte und warum es ihn plötzlich in der von ihm abgefallenen Welt nicht mehr geben durfte.

Am meisten aber freute er sich darüber, nun erstmals erfahren zu dürfen, was nach seinem irdischen Tod mit ihm in der ihm noch unbekannten Welt geschehen würde, hatten ihn doch die vielen und sich meistens so extrem widersprechenden Thesen und Geschichten zu diesem Thema („Leben nach dem Tod") immer wieder so sehr irritiert, dass er es aufgegeben hatte, sich auch nur an einem dieser abstrusen und esoterischen Gedankenspiele ernsthaft beteiligen zu wollen. Nun aber war es so weit, er sah sich auf dem Weg zur Wahrheit, hin zu jener Wahrheit, die sich jenseits aller ihm bislang so vertrauten Wahrheiten befindet. Und diese Chance, die wollte er nutzen.

Einen Grund, warum er nicht mehr vorhanden war, nun gut, den kannte er sehr wohl, war er es doch schließlich selbst, der die kleine silberne, an beiden Seiten mit matt schimmerndem Perlmutt verzierte Pistole an seine rechte Schläfe setzte und dann abgedrückt hat.

Aber wusste er auch, warum er das getan hatte?

Nein, er wusste es nicht.

Oder wusste er es doch?

War es wirklich nur eine Kurzschlusshandlung beim nächtlichen Liebesspiel im Champagnerrausch mit einer geheimnisvollen Frau, die ihn mit ihrer explosiven Erotik in ihren Bann gezogen hatte oder war es eine bisher nur leise in ihm anklingende, niemals beachtete, plötzlich aber doch mit Urgewalt ausbrechende Todessehnsucht, die ihn zu dieser auf den ersten Blick so sinnlos erscheinenden Tat gezwungen hatte?

Nein, er wusste es nicht.

Noch nicht.

Eines aber glaubte er genau zu wissen: Was immer ihm nun auch widerfahren würde, er musste und er wollte und er würde die Wahrheit über sich und über den Sinn seines bisherigen Lebens ergründen und das Ergebnis selbst dann noch akzeptieren, wenn ihm diese Wahrheit nicht behagen sollte. Was ihm gewiss nicht leicht fallen dürfte, hielt er es doch bisher stets für angebracht, plötzlich verkündeten Wahrheiten aller Arten kategorisch zu misstrauen und mit Lust zu widersprechen, aus welchem Mund sie kommen und aus welchem kritischen Geist diese Wahrheiten nun auch immer entströmen mochten.

Und er wusste auch: Nichts an dem dramatischen Geschehen würde er mehr ändern können, eine nachträglich von ihm selbst korrigierte und redigierte, sein Leben im Rückblick verändernde und verschönernde Schlussfassung seiner Biographie war nicht mehr möglich, die vom Schicksal (oder von wem auch immer) vorgegebene und allerletzte Einspruchsfrist war längst abgelaufen. Dafür aber war er nun endlich frei für alles, was auf ihn zukommen würde.

Und er staunte und staunte und staunte im Zustand absoluter Fassungslosigkeit: Nicht Finsternis in totaler Stille, wie von ihm anfänglich vermutet, empfing ihn auf dem Weg in ein neues SEIN, sondern ein unglaubliches Pandämonium, eine laute, ihn zunächst bedrohende, von grellem Licht überflutete Geisterwelt, wie er sie zu Lebzeiten noch nie erblickt hatte, nicht einmal in Roman Polanskis „Tanz der Vampire" oder in anderen metaphysischen Gruselfilmen.

Wohin er in größter Verwirrtheit und zugleich voller Neugier fast schon wie ein Kind auch schaute, aus allen Himmelsrichtungen, von unten und von oben strömten Legionen skurriler Fabelwesen mit Getöse auf ihn zu, um ihn mit ekstatischen Rhythmen, entweichend aus hunderttausenden von Trommelschlägen provozierend zu umtanzen, dabei undefinierbare, schrille und verzerrte Laute in einer ihm fremden Sprache von sich gebend, die sein Trommelfell gnadenlos mit dissonanten Ton-Granaten bombardierten und sein absolutes, so überaus feines Gehör mit hässlichen Akkorden verhöhnten.

Er hatte nicht die geringste Chance, sich gegen diese atonale Barbarei zur Wehr zu setzen, es gab keine Stopp-Taste, auf die er hätte drücken können, um die ihn so bedrohenden Töne verstummen zu lassen und die Schreckensszenarien aus seinem Blickfeld zu verbannen. Er war wie paralysiert, ausgeliefert und wehrlos gegenüber jenen ihm unbekannten Kräften, die begonnen hatten, mit ihm Pingpong zu spielen auf einer rot glühenden Tischtennisplatte, Gnade nicht kennend, jeder Schmetterball ein brutaler Schlag auf alle sensiblen Teile seines Körpers.

Was da akustisch und optisch in rascher Abfolge zu ihm drang, das klang und spulte sich vor ihm ab wie eine (anders vermochte er sich diesen Spuk nicht zu erklären) vom Teufel selbst komponierte und eigenhändig in Szene gesetzte Horror-Oper mit grausigen Harmonien und mit brutalen Tonfetzen, die ihm kalte Schauer des Entsetzens ins Hirn und durch alle seine Blutbahnen jagten.

Ein noch größeres Entsetzen stellte sich bei ihm dann ein, als einer der an ihm vorüber tanzenden, unheimlichen Maskenmenschen plötzlich vor ihm stehen blieb und seine groteske Clownsmaske kurz zur Seite schob, so dass sein Gesicht zum Vorschein kam: Er glaubte, oh Schreck, in sein eigenes Gesicht zu blicken, in ein um Lichtjahre gealtertes, ihm fremdes, kaltes und hässliches Gesicht. Fiel sein Blick in diesem Augenblick, so fragte er sich, etwa auf das Antlitz jenes Wesens zwischen Himmel und Erde, das als einziges Unsterblichkeit erlangt hatte und vom Leben und von den Menschen nicht besiegt werden konnte und das den Namen Tod trug?

Er wollte es nicht glauben.

Da standen sie sich nun von Angesicht zu Angesicht gegenüber, er und ein weißhaariger, widerlicher und zahnloser Greis, der ihn aus leblosen Augen anstarrte, ihn lüstern angrinste und mit quäkender Stimme den Satz heraus schleuderte: „Nun, mein über alles geliebtes Bruderherz, erkennst du mich?" Dann rückte diese Schreckgestalt die zuvor beiseite geschobene Maske vor dem Gesicht wieder zurecht und reihte sich, dabei laut auflachend wie ein böser Geist, tanzend ein in das Getümmel der an ihm wie ein wilder Strom vorüber fließenden Geisterscharen.

Er brauchte einige Sekunden (die ihm wie Stunden oder wie viele Tage vorkamen), um sich von diesem Schock zu erholen.

Nein, das ihn angrinsende, gewiss mehrere tausend Jahre alte Fratzengesicht, in das er da geschaut hatte, das konnte, nein, das durfte sein Gesicht nicht gewesen sein, so rasch, davon war er überzeugt, konnte sich das Gesicht eines gerade erst gestorbenen Erdenmenschen von der Sekunde seines Todes bis zur Ankunft in der anderen Welt und bis zu diesem Augenblick nicht in sein hässliches Gegenteil verkehrt haben.

In wessen Gesicht aber hatte er dann geschaut, wenn es das seinige und auch nicht das des Todes gewesen sein konnte: War es etwa doch das Antlitz des Anderen, von dem er sich längst befreit glaubte?

„Wie lange noch", so fragte er sich, dabei um Fassung ringend, „ja, wie oft noch wird der Schatten des Anderen drohend über mir kreisen?"

Er bewegte seinen Kopf ganz wild hin und her, als könne er damit alle seine ihn plagenden Ängste aus sich heraus schütteln.

Es musste ihm gelungen sein, denn kurz darauf hatte er seine in Aufruhr geratenen Gedanken und Gefühle wieder fest im Griff. Und so spürte er plötzlich sogar Freude in sich aufkommen, als er das absurde Szenarium nicht mehr als eine ihm persönlich zugedachte Bedrohung oder gar als eine gegen ihn verhängte Strafe empfand.

Nein, diese bizarren Bilder und schrillen Töne erinnerten ihn vielmehr an die post-heidnischen, so farbenprächtigen und phantasievollen Fastnachts-Umzüge zwischen Januar und Februar im düsteren Schwarzwald und auch an die surrealistischen Figuren-Kabinette des schizoiden Hieronymus Bosch, in deren düsteren, so schwülen Labyrinthen er sich, vor allem als Jüngling mehrfach in rauschartigen Wachträumen verirrt hatte.

Was aber, so befragte er sich, ja, was genau von allem findet in diesem Moment bereits im fernen, ihm so vertrauten „Garten der Lüste" statt, was ist noch irdische oder bereits außerirdische Wirklichkeit, was geschieht da gerade mit ihm und wohin wird ihn sein Weg nach der von ihm nicht geplanten Grenzüberschreitung fortan führen? Er bemerkte plötzlich, auch das jagte ihm einen großen Schreck ein, dass sich immer mehr ihn quälende Fragen einstellten, Fragen, auf die er keine Antworten finden konnte. Wie lange aber würde er dem heftigen Ansturm dieser auf ihn zurollenden Fragenflut überhaupt standhalten?

Vermochte eine kleine, in die rechte Schläfe eingedrungene Patrone tatsächlich alle bisher gültigen Zustände, alle normalen und plötzlich sich einstellenden Abläufe, alle Zeitsprünge und Gesetzmäßigkeiten des irdischen Lebens im Handumdrehen außer Kraft zu setzen?

Er war abermals verwirrt.

Noch während er nach Antworten auf diese Fragen suchte, da kehrte der zahnlose Greis, der ihn bereits einmal zu Tode erschreckt hatte, noch einmal zu ihm zurück, blieb erneut vor ihm stehen, schob die Maske bis zur Hälfe seines kalkweißen Gesichts beiseite und stellte ihm die merkwürdige Frage, ob er, der gerade erst im Jenseits angekommene, noch stark „nach Leben riechende Erdling" bereits auch wisse, was wahre Fleischeslust und Seelenschmerzen bis zum Wahnsinn hin außerhalb seiner bisherigen Erfahrungswelt tatsächlich seien, wenn nicht, dann könne er ja, um in den Genuss dieser Erfahrungen doch noch zu gelangen, mit ihm auf das „Narrenschiff" kommen, da sei gerade noch ein Platz frei, der verrückte Hieronymus heiße jedes Wesen willkommen, das freiwillig in die tiefsten Abgründe seiner Seele und aller Dinge auch außerhalb seines Erdenlebens blicken möchte. Noch im Wegdrehen zischte der hässliche Greis ihm zu, dass er sich ja beeilen möge, da das Narrenschiff in nur wenigen Minuten bereits in See stechen würde. Sprach es aus und verschwand abermals im wilden Strom der dämonischen Maskenwesen.

Ein Teufelsspuk?

Er schaute dem unheimlichen Greis, der ihn so aufreizend „Bruderherz" genannt hatte, wie erstarrt nach, wollte schreien, doch kein Laut kam über seine ausgetrockneten Lippen. Aber die Planken des Narrenschiffes, das nahm er sich vor, die würde er auf keinen Fall betreten, niemals mehr wollte er dem Anderen (den er auf dem Narrenschiff vermutete) begegnen, kein einziges Mal mehr in dessen Antlitz schauen.

Und plötzlich, er schüttelte sich, da veränderte sich die schreckliche Szenerie und zeigte sich unerwartet von einer völlig anderen Seite: Die ihm eben noch panische Ängste einjagenden, so abstrusen Masken und monströsen Leiber lösten sich urplötzlich auf und zum Vorschein kamen edle, wohl geformte Jünglingsgesichter und grazile Mädchengestalten von überirdischer Schönheit.

Welch dramatischer Szenenwechsel: Glaubte er sich eben noch als Bajazzo beim Karneval auf dem Markusplatz von Venedig zu befinden, so sah er sich plötzlich bereits im fernen Rio de Janeiro, wo ihn halbnackte Schönheiten im Sambatakt so wild umtanzten, als wollten sie ihn gewaltsam zum Liebesakt zwingen vor Hunderttausenden gieriger Augen, die ihn lüstern anblitzten und sich schamlos seines Körpers zu bemächtigen versuchten.

Nach heftigem, doch vergeblichem Widerstand gab er sich drein, seines Willens längst beraubt, so spürte er überraschend noch einmal etwas von jenem süßen Rausch in sich aufflammen, wie er ihn in der Sekunde seines Todes wahrgenommen hatte, als die kleine kupferfarbene Patrone seine rechte Kopfhälfte zertrümmert hatte und seine Seele aus seinem Körper entflohen war. Zugleich erschien vor ihm einen Augenblick lang das strahlende Gesicht der todbringenden Schlangenfrau, die ihm lächelnd die kleine Pistole gereicht und ihn mit engelhafter Stimme angefleht hatte, ihr ewige Liebe und Treue zu schwören oder endlich abzudrücken.

Eine Vision nur?

Er spürte Unruhe in sich aufkommen.

Als sich wieder etwas Klarheit in seinem wirren Kopfe eingestellt hatte, da spürte er, dass es kein Traum mehr war wie sonst, aus dem er stets erwachen und dann befreit wieder aufatmen durfte, wenn sich der Traum in Staub aufgelöst hatte und bereits kurz darauf im Papierkorb des Vergessens verschwunden war. Und er glaubte nun auch zu wissen, dass er sich bereits auf dem Weg zu einer anderen, vielleicht höheren, zumindest aber völlig unbekannten, ihn neugierig machenden Bewusstseins-Ebene befand, von der aus er die weite Reise in eine Welt der Stille antreten musste, aus der er nie wieder zurückkehren würde.

Und siehe da: Was ihn vor einigen Augenblicken noch so sehr erschreckt hatte, dass er sich sogar in sein gerade erst hinter sich gelassenes Erdenleben zurückgesehnt hatte, das löste nun allerhöchstes Entzücken in ihm aus. Und die anfangs so hässlichen und schrillen Gesänge, auch sie verwandelten sich überraschend in liebliche Sphärenklänge, die er mit all seinen Sinnen begierig in sich aufsog, dabei in einen Rausch geratend, den er nur als Beweis dafür sehen konnte, dass er tatsächlich in einer besseren Welt angekommen war. Der kurz auftauchende Wunsch nach einer sofortigen Rückkehr in die ihm bekannte und vertraute Seinsform von einst war also ebenso rasch verflogen wie sie erschienen war. Er atmete befreit auf und fühlte neues Leben in sich hinein strömen. Er war glücklich.

War er jetzt tatsächlich im Paradies angekommen? Doch was hatte das Schreckens-Szenarium zu Beginn seines Abenteuers zu bedeuten, war das etwa eine jener Prüfungen, wie sie Mozarts Tamino gleich dreimal zu bestehen hat, bevor er Pamina als Braut heimführen darf?

Wenn ja – wer war dann der „Prüfer" und wie viele Prüfungen würde er über sich ergehen lassen müssen?

Was immer nun auch noch auf ihn zukommen würde, er war bereit, sich diesen Prüfungen zu stellen. Und diese Prüfungen ließen sich nicht mit jenen vergleichen, die Tamino zu bestehen hatte, denn er wollte ja keine Braut „heimführen".

Er beschloss, seine noch immer geschlossenen Augen nie wieder zu öffnen, er will diese in seiner Innenwelt ihn zärtlich umtanzenden Figuren und die an ihm vorüber huschenden, so märchenhaften Bilder und himmlischen Klänge für alle Ewigkeit in sich bewahren wie einen kostbaren Schatz, der soeben von unbekannter Hand allein für ihn aus der dunklen Erde seiner Vergangenheit ans Licht eines neuen Tages geholt worden war – und ihn in ein geheimnisvolles Universum geführt hatte, in dem die Zeit zu immer währendem Stillstand gekommen zu sein schien.

Und so hob sich, das glaubte er nun auch bereits erkannt zu haben, die Zeit aus sich selbst heraus. Und erwies sich damit für ihn und gewiss auch für alle anderen Menschenhirne als ein nicht lösbares Rätsel. Er genoss diesen Zustand der totalen Ahnungslosigkeit, in dem er sich vorbereiten konnte auf das noch Unbekannte, das auf ihn zukommen würde.

Das Leben danach also ein Rätsel, die zeitlose Zeit ein noch größeres Rätsel?

Wollte er aber Antworten finden auf die Fragen nach dem WARUM und nach dem DAHINTER aller Dinge, dann musste er zunächst beide Rätsel lösen. Das war die Bedingung. Sollte das nicht gelingen, dann würde es ihm, da war er sich ziemlich sicher, ebenso ergehen wie einst dem Doktor Faustus, allerdings mit dem Unterschied, dass er Mephistofeles nicht begegnet war und mit ihm keinen Schicksals-Pakt schließen musste, um zu erfahren, „was die Welt im Innersten zusammenhält". Das hatte er Faust voraus. Und so wusste er jetzt bereits, dass er das Böse (wenn es denn in ihm gewesen sein sollte) auf Erden zurückgelassen hatte, dort, wo es hingehörte und wo es bis heute wütet.

Einerseits war er davon überzeugt, dass es keinem einzelnen Menschen (also auch ihm) jemals gelingen würde, hinter das von unbekannten Mächten so wohlbehütete und letzte Geheimnis des Universums zu gelangen. Oder hatte Otto Hahn, so fragte er sich zugleich in diesem Augenblick, mit seiner Kernspaltung denn nicht bereits 1938 den Beweis erbracht, dass der Mensch vielleicht doch in der Lage sein würde, dem Universum eines Tages auch noch das allerletzte Geheimnis zu entreißen? Er war unglücklich darüber, nicht zu wissen, wie und wann es wirklich einmal so sein würde.

Wenn es den Menschen aber doch gelingen sollte, hinter das „letzte Geheimnis" zu gelangen, dann würden sie aus Hochmut das Universum zerstören. Der Gedanke an diesen gigantischen, vielleicht nicht mehr aufzuhaltenden Vernichtungsakt ließ ihn frösteln, er wollte sich von dieser ihn umklammernden Eiseskälte in seinem Hirn befreien.

Und er fand einen Ausweg aus der ihn quälenden Situation: „Was", so überlegte und hinterfragte er sich: „Ja, was habe ich denn mit all dem überhaupt noch zu tun? Es gibt mich doch gar nicht mehr auf der Erde, also können mir das Schicksal der Erde und die Zukunft der Menschheit doch völlig egal sein, es geht mich nichts mehr an. Und wenn ich Schuld auf mich geladen haben sollte, dann bewegt sie sich, gemessen an der täglich größer werdenden Anzahl von Erdbewohnern (7,53 Milliarden) mal gerade in der mathematischen Größenordnung von sieben Milliardstel". Mit einer solchen Schuld, so hoffte er, konnte er auch in der anderen Welt leben.

Er atmete tief durch, fühlte sich erleichtert, gerade so, als wäre eine Riesenlast, bestehend aus noch immer in ihm verbliebenen Ängsten und Zweifeln, aus Schuld, aus Versagen, aus Lüge und Täuschung von seinen Schultern abgefallen, so dass er seine Reise in das Unbekannte nun absolut sorglos fortsetzen konnte.

Auf dem Weg dorthin strömten plötzlich und völlig unerwartet auch neue Hoffnung und Zuversicht in ihn hinein: Als er nämlich in den Reihen der immer noch an ihm in großen Scharen vorüber ziehenden, singenden und tanzenden Fabelwesen einige längst gestorbene Freunde und bereits vergessene Verwandte aus seinem früheren Leben zu erkennen glaubte und diese dann auch kurz ihre Masken beiseite geschoben hatten und ihm freundlich zuwinkten, als ob auch sie ihn erkannt hätten, da war sein Glück abermals sehr groß. Er war also nicht allein, das empfand er als Trost.

Als er die Verstorbenen allerdings gerade fragen wollte, woher sie kämen, ob sie wirklich noch lebten und wenn, dann in welchen ihm noch unbekannten Welten, ob sie nur Halluzinationen und ihn narrende Spukbilder seien, da waren sie bereits wieder enteilt, ihn in Ratlosigkeit zurück lassend.

Synchron zu diesen ihn so sehr verwirrenden, zugleich aber auch immer wieder beglückenden Wahrnehmungen vernahm er aus weiter Ferne das melodiöse Echo eines kleinen, ihm immer noch sehr vertrauten dumpfen Knalls. Er wusste, was es mit diesem kurzen Knall auf sich hatte, aus wessen Pistolenlauf sich der Schuss gelöst hatte, der seinem Leben ein Ende bereitete.

Und es war auch die vage Erinnerung an ein lautes und, so kam es ihm vor, an ein weit, sehr weit zurück liegendes Geschehen, das sich von Sekunde zu Sekunde in ihm zu verflüchtigen schien, was ihm nicht behagte.

Als er gerade damit beginnen wollte, sich gegen die Verflüchtigung und gegen die totale Auflösung seiner sich immer rascher wild überschneidenden Erinnerungen an die letzten Sekunden seines Erdenlebens zur Wehr zu setzen, da fühlte er, wie sich der plötzlich ins Schwanken gekommene Boden unter seinen Füßen geräuschlos öffnete und er in rasender Geschwindigkeit in ein gigantisches schwarzes Loch stürzte, ihm schwanden die Sinne und er fiel in eine tiefe, lang anhaltende Ohnmacht.

Im freien Fall ging es eine Unendlichkeit abwärts, immer nur abwärts in eine sich von Meter zu Meter verdichtende, unheilvolle Schwärze. Obwohl noch immer ohnmächtig, seiner Sinne und jeden Zeitgefühls völlig beraubt, da spürte er, wie ihn plötzlich eine riesige, sehr warme Hand packte und ihn in ebenso großer Geschwindigkeit und im festen Griff wieder nach oben zog, mit jedem Meter in heller werdende Regionen hinein.

Hatte diese aus dem Nichts auftauchende Hand ihn vor dem Absturz in die Hölle bewahrt, um ihn dem Elysium zuzuführen oder ihn in fernen Galaxien abzusetzen?

Er wunderte sich zwar ein wenig, dass er an so abstrakte und banale Begriffe wie Hölle, Elysium und weit von der Erde kreisenden Galaxien in diesem Augenblick überhaupt denken konnte, war aber dennoch gespannt darauf, in welche dieser drei Welten ihn seine Reise führen würde. Aber eigentlich, so dachte er, würde es ihn schon sehr reizen, alle drei dieser ihm noch unbekannten Welten etwas näher kennen zu lernen, vorausgesetzt, er selbst könne entscheiden, in welcher dieser drei Welten er dann nur kurz, etwas länger auch oder für immer verweilen wollte.

Aus seiner Ohnmacht dann irgendwann einmal wieder erwacht, die Augen noch immer fest geschlossen, da war es ihm, als würde ein gleißendes Licht wie eine heiße Flutwelle durch seine geschlossenen Augen dringen und durch alle seine fiebrigen Nervenzellen strömen, was ihn ganz fest daran glauben ließ, dass er alle Begrenzungen seines irdischen Lebens tatsächlich hinter sich gelassen hatte und nunmehr unsterblich sei.

Da wusste er plötzlich auch, dass seine ihm so vertraute Welt für immer untergegangen und er unerwartet in einer anderen, ihm noch völlig fremden Welt angekommen war. Es konnte die Hölle als über ihn verhängtes Strafgericht im lodernden Fegefeuer, so wie die Kirche sie blumenreich darstellte, jedoch nicht sein, denn alles um ihn herum war in ein magisches Licht gehüllt, so fröhlich, intensiv und in den schönsten Farben, als würden Tausende und Abertausende gelb-rot-violett-grün-blau glühende Sonnen ihre kraftvollen Strahlen allein auf ihn werfen, um ihm die immer noch geschlossenen Augen für die Schönheit der ihn umgebenden neuen Wirklichkeit außerhalb der Erde zu öffnen. Er kam dieser indirekten Aufforderung zwar noch nicht nach, doch er atmete befreit und ganz tief durch und glaubte nun erstmals auch noch zu spüren und zu wissen, was Glückseligkeit ist.

Er staunte über die Intensität dieses so plötzlich in ihn hinein strömenden Glücksempfindens und fragte sich, ob das vielleicht nur geschehen konnte, weil sich seit seiner Transformation alle einst in ihm vorhanden gewesenen und so vertrauten Glücksbedürfnisse und Lustbefriedigungen vollends aufgelöst und sich in etwas vollkommen Neues, in eine ihm noch unbekannte, die Erfahrungen der gesamten Menschheit seit Adam und Eva in sich vereinenden Glücksform verwandelt hatten?

Zum ersten Mal nach dem Leben auf der Erde hielt er nun auch noch etwas als Beweisstück fest in seinen Händen, was zu finden ihm bisher versagt geblieben war, nämlich die Gewissheit, dass es ihn wirklich auf dem von ihm verlassenen Planeten gegeben hatte. Und so wusste er natürlich auch, dass das alte Spiel nun beendet und für ihn ein neues Spiel begonnen hatte, in dem er jedoch (auch das war ihm klar) nicht mehr so wie bisher der Regisseur sein würde.

War es aber wirklich so und auf welches Spiel und mit wem hatte er sich da überhaupt eingelassen?

War das sich Einlassen in dieses Spiel mit vielen Unbekannten so etwas wie ein gewaltiger Quantensprung von der Seinsstufe 1 zur Seinsstufe 2 und somit die unerwartete Grenzüberschreitung in eine für ihn bisher verschlossene und verbotene Welt?

Und er fragte sich auch: Wer steht hinter allem, wer ist der Regisseur in diesem geheimnisvollen

Spiel? Und kann man das Geschehen in ihm und um ihn herum überhaupt noch Spiel nennen?

Kann es sein, so kam es ihm in den Sinn, dass der von ihm während seines Erdenlebens so hartnäckig geleugnete Gott vielleicht doch im IRGEND-WO existiert, dass der Atheismus, so wie er ihn bisher für sich gedeutet hat, nichts anderes ist als sein verzweifelter Versuch, hinter oder in dem von ihm verleugneten Gott doch noch jene Kraft ausfindig machen zu wollen, die für die Entstehung der Erde und für die Erschaffung des Menschen und allen Lebens verantwortlich ist und damit auch für das unverhoffte Erlebnis, das ihm gerade zuteil wird?

Er war plötzlich fest davon überzeugt, ein unverzichtbares Teilchen im Herzstück eines grenzenlosen Universums geworden zu sein und dass sein Leben zuvor auf der Erde so etwas wie das Trainingsprogramm, also die Vorbereitung auf das neue Seins-Spiel gewesen war.

Die Zeichen an der Wand seines neuen Bewusstseins waren überdeutlich und forderten unter anderem auch die Beantwortung der Frage ein, warum er überhaupt Atheist geworden war. Hatten neun Jahre seines Lebens in einer kommunistischen Diktatur ausgereicht, um ihn, als Folge der täglich auf ihn einprasselnden Parteiparolen auf eine falsche Fährte zu locken?

Er würde sich auch mit diesem Thema posthum befassen müssen und die Antwort auch finden.

Vielleicht. Was aber nützte es ihm zu erfahren, wer hier wen „ausgetrickst" hatte: Gott die kommunistische Ideologie oder Marx, Engels, Lenin und Stalin den von Menschen erfundenen Gott? Ja, wer erschuf nun wirklich die Erde und setzte dort den Menschen aus, noch bevor der Mensch jenes Wesen aus Geist und Materie geworden war, wie es sich Gott zuvor und auch noch während des Zusammenbastelns des ersten Erdbewohners vorgestellt hatte?

Wenn die Wissenschaft heute auch zu wissen glaubt, wie die Erde und alles Leben darauf entstanden ist, so bleibt sie die Antwort auf die wichtigste Frage aller Seins-Fragen jedoch noch immer schuldig. Und das ist die Frage: Warum gibt es die Erde und den Menschen überhaupt, wer erschuf beides?

Die Evolution?

Und er fragte sich weiter: War es vielleicht doch GOTT (nicht der von den Menschen erdachte Gott), ist alles nur ein Zufall, gar ein simpler Irrtum oder ging dem Zeugungsakt und der Geburt der Erde eine kosmische Tragödie von unvorstellbarem Ausmaß voraus?

Über allem Wissen der weisesten Männer und Frauen, so schoss es ihm plötzlich durch den Kopf, thronte ein großes Rätsel und lachte und lachte und lachte. Es lacht über uns Menschen. Und er fragte sich auch: Wie viele Physiker, Mathematiker und Philosophen (und andere großen Geister) mag es wohl gegeben haben, die beim Versuch, dieses Rätsel zu lösen, den Verstand verloren haben? Ob ihm vielleicht das Glück zuteil würde, dieses Rätsel lösen zu können, ohne dabei seinen Verstand einzubüßen?

Doch halt: Zu einer Erkenntnis schien er gerade gelangt zu sein, es war ein ihn zunächst erschreckender, aber zugleich auch ein schöner, ein wichtiger, ja sogar ein faszinierender Gedanke, der sich plötzlich in seinem philosophischen Weltgebäude eingefunden und sich dort festgesetzt hatte: Kann es sein, so überlegte er, dass der Atheist möglicherweise gar nicht der von den Christen verachtete und bisweilen auch geächtete „Gotteslästerer" ist, sondern der einzig wahre Gottsucher unter Milliarden von doppelzüngigen Christen und Frömmlern in den Reihen auch aus allen anderen Religionen?

Er wusste nicht so recht, warum ihn dieser Gedanke so überaus glücklich machte und ihn so heiter stimmte, brachte dieser so plötzlich in ihm auftauchende Gedanke doch sein gesamtes, bisher für richtig befundenes Weltbild zum Einsturz, zumal er doch bis gerade eben noch fest davon überzeugt gewesen war, dass er als denkender Mensch gar keine andere Wahl hatte, als Atheist zu werden. Warum das so war – nun, er würde auch das gewiss recht bald herausfinden.

Doch erst einmal wollte er genau wissen, was ihm die Zeichen an der Wand zusätzlich noch sagen wollten. Also öffnete er die Augen nun doch wieder, um alles sehen und alles endlich auch zu begreifen von dem, was da so überraschend mit ihm nicht nur in seinem Innern, sondern auch draußen um ihn herum bereits so heftig geschehen war und noch immer geschah. Die dabei erneut auftauchenden Augenschmerzen störten ihn nicht mehr.

Plötzlich vernahm er eine Stimme, eine sehr tiefe, sanfte Stimme, die aus dem Nichts zu ihm drang und ihn aufforderte, seine Arme auszubreiten, so wie ein Vogel seine Flügel ausbreitet, um sich in die Lüfte zu erheben. Er tat, was diese Stimme von ihm verlangte, konnte aber seine Arme weder fühlen noch sehen. Und als er dann seine Beine und seinen Körper betasten wollte, da fand er nichts mehr, was er berühren konnte, er fasste überall ins Leere.

Er erschrak heftig, als ihm klar geworden war, dass sich sein gesamter Körper aufgelöst und er den Beginn und den weiteren Verlauf dieses Auflösungsprozesses überhaupt nicht bemerkt hatte. Das irritierte ihn.

Was aber war von ihm dann überhaupt noch übrig, was setzte ihn in die Lage, wie ein Vogel durch den Weltenraum zu fliegen, alles zu sehen, zu hören, zu riechen und zu spüren wie zu jener Zeit, als er noch ein Mensch auf Erden war und nur in seinen Träumen fliegen konnte?

Wahrlich ein Mysterium.

Während es ihn kraftvoll nach oben zog, wobei er nicht so genau zu erkennen vermochte, ob er jetzt tatsächlich wie ein Vogel fliegen konnte oder ob er noch immer von der riesigen Hand nach oben gezogen wurde, da warf er einen letzten Blick auf die Erde zurück, von der er sich immer rascher und immer weiter entfernte.

Da erschrak er abermals, glaubte er doch plötzlich, er würde sich mit seinem unerwarteten Abgang aus der ihm vertrauten Welt und mit jedem Meter des sich Entfernens von der Erde all jenen Menschen gegenüber schuldig machen, die er einst geliebt hatte, die ihm vertraut hatten und die er in ihrem Schmerz, in ihrer Trauer nach seinem plötzlichen Tod allein und vielleicht auch in allergrößter Ratlosigkeit zurück gelassen hatte.

Seltsam, auch wenn es wirklich so sein sollte: Es plagten ihn keine Schuld, keinerlei Reue und auch kein Abschiedsschmerz, es waren weder Ängste noch Trauer noch Tränen in ihm, nein, es waren überhaupt keine Gefühle mehr in ihm, er meinte aber zu spüren, dass er von einer großen Last befreit sei, erlöst auch von aller auf sich geladenen Schuld während seines Erdenlebens, ja, es war ihm, als würde er sich plötzlich in absoluter Schwerelosigkeit aufhalten. Das machte ihn glücklich und er atmete erleichtert auf.

Also können, so ging es ihm durch den Kopf, Glaube, Liebe, Hoffnung, Vertrauen, Treue und Freundschaft, all diese so hehren Tugenden, moralischen Werte und emotionalen Glücksmomente, um deren Erlangung er sich auf der Erde doch so sehr bemüht hatte, nicht immer nur Glück und Harmonie, sondern oftmals auch eine große Last sein, die man zu irgendeiner Zeit unbedingt ablegen sollte, ablegen müsste, um die absolute Freiheit zu erlangen.

Legt man damit, so dachte er nach, dann aber nicht auch genau das ab, was den Menschen von anderen Lebewesen unterscheidet und ihn überhaupt erst zum Menschen macht?

Es schüttelte ihn bei diesem Gedanken.

Und dennoch fühlte er sich überraschend so leicht wie eine tanzende Feder im kühlen Abendwind.

Er musste lächeln bei diesem Vergleich und war in diesem Augenblick so glücklich wie noch nie in seinem Leben zuvor. Also waren sehr wohl doch noch Gefühle in ihm.

In dieses Glücksgefühl mischte sich plötzlich aber die Frage ein: Wenn das Leben auf Erden immer nur unerträgliche Last, also Beschwernis ist, wo liegt dann der Sinn eines so beschwerlichen Lebens, das zumeist allein nach den Regeln skrupelloser Monster abläuft, die gerade an den Schalthebeln der Macht sitzen und diese Macht schamlos ausnutzen, so wie es die Götter Griechenlands und alle römischen Cäsaren einst auch schon getan haben?

Waren das vielleicht alles nur törichte Fragen?

Er wusste zumindest keine Antworten darauf, also blieben alle seine subjektiven Wahrnehmungen nur Vermutungen ohne konkrete Beweiskraft.

Und es arbeitete weiter in seinem Kopf: Worin kann denn der Sinn des Lebens tatsächlich bestehen, wenn ein jeder Mensch doch bereits sehr früh erfahren muss, dass er, gerade mal aus dem Ei geschlüpft, eines Tages auf jeden Fall sterben wird und er viel zu wenig Zeit hat, um seinem Leben aus eigener Kraft überhaupt einen Sinn verleihen zu können: Zeugung, Geburt, Leben, Sterben, Tod und kein Danach, das Ausfüllen der Lücken dazwischen, das kann es, nein, das allein darf es doch nicht gewesen sein.

Warum, ja, warum ist das so?

Aber machte er nicht gerade die Erfahrung, dass es sowohl im als auch nach dem irdischen Leben etwas gab, etwas absolut Unfassbares, dessen tieferer Sinn sich überhaupt erst nach dem Tode offenbarte, für ihn vielleicht und gerade erstmals in diesem Augenblick?

Zugleich aber wunderte er sich in eben diesem Augenblick vor allem darüber, dass er nicht sehr erstaunt war über die Auflösung seines Körpers und über die plötzlich erlangte Fähigkeit zu fliegen.

Als was aber schwebte er nun eigentlich durch das Universum: War es die aus seinem Körper entflohene Seele, war es sein einst übermächtiges, nun entmaterialisiertes Ich. Oder befand er sich längst auf dem Weg zu dem von ihm zu Lebzeiten so hartnäckig abgeleugneten Gott, der da irgendwo zwischen Millionen von unbekannten Galaxien residierte?

Er wollte es ergründen.

Fragen nach dem Sinn des Lebens, zum Tod und dem Danach, ja, ja, solche Fragen hatte er sich immer wieder mal, doch wohl stets eher halbherzig gestellt, gerade so, als ob er auf die Antworten keinen besonderen Wert legte oder als ob er sie fürchten müsse.

Wenn der Tod, diese unbekannte, zeitlich nicht einkalkulierbare Größe, so ging es nun heftig und recht wirr durch seinen Kopf, wenn also dieser Tod zu uns Menschen nicht als feindlicher und Angst einjagender Sensenmann daher kommt, sondern von Anfang an und ohnehin unser ständiger Begleiter ist, uns irgendwann einmal sogar Loslösung von allen physischen und psychischen Schmerzen und von allen anderen irdischen Beschwernissen bringen kann, dann muss er uns doch als Freund und Bruder sehr willkommen sein.

Warum also die große Angst der Menschen vor dem Tod, wenn man im Laufe eines Lebens doch irgendwann einmal begreifen muss, dass der Tod der Zwillingsbruder des Lebens, also stets in uns ist und Tag für Tag und Stunde um Stunde um uns herum tanzt wie unser eigener, nicht fassbarer Schatten, der uns auf Schritt und Tritt verfolgt?

Stellt sich diese Angst vielleicht nur deshalb ein, weil kein Mensch und auch er nicht weiß, wann der Tod ihn holt und weil auch er bisher kein einziges Mittel gefunden hat, um sich dem Tod strikt zu verweigern oder zumindest den Moment eines vielleicht zu frühen oder auch eines späteren und nicht gewollten Sterbens zu verhindern?

Ja, so könnte es vielleicht sein.

Doch halt: Er hatte ja gar nicht auf den Tod gewartet, nein, er hat ihn gleichermaßen provoziert und „hereingelegt", denn nicht der Tod traf die Entscheidung, er selbst tat es und degradierte den Tod in seiner Biographie damit zum passiven Zuschauer.

Ob das wirklich so war?

Da fiel ihm ein seltsamer, ihm damals zunächst fremder Gedanke von Ernst Jünger ein, der einmal sagte: „Wir sind gewohnt, den Tod, etwa durch Krankheit oder Unfall, als Ursache zu sehen, die das Leben beschließt. Das ist ein Irrtum: es ist vielmehr das Leben, das den Tod herbei ruft, wenn es in einen neuen Stand eintreten will".

Dieser Gedanke hatte ihn fasziniert und ebenso irritiert. Und so fragte er sich jetzt und er spürte dabei, dass die Antwort auf diese Frage für ihn von enormer Wichtigkeit war: Traf Ernst Jüngers Aussage in ihrer Klarheit und Selbstverständlichkeit auch auf seinen Tod zu, den er selbst herbeigeführt hatte, ohne zu wissen, ob und in welchem Seins-Zustand er sich bereits und bis zum letzten

Augenblick seines Erdenlebens aufgehalten hatte und in welchem neuen Seins-Zustand er sich nach seinem irdischen Tode wiederfinden würde?

Gab es da so etwas wie einen Automatismus?

Nein, als er den Revolver an seine Schläfe setzte, in diesem Moment konnte er wirklich nicht wissen, ob etwas in ihm bereits nach einer derart radikalen Veränderung seines SEINS Ausschau gehalten hatte, zumal er diese Tat nicht mit klarem Kopfe, sondern im Champagnerrausch und im Zustand totaler Verwirrtheit und offensichtlich in allergrößter sexueller Erregung begangen hatte.

Fest stand für ihn indes, dass sein Leben nach dem Suizid auf jeden Fall eine neue Seins-Position erreicht haben musste, auch wenn er diese Position nicht angestrebt hatte und die wahre Dimension dieses neuen Zustandes auch noch nicht so recht zu erfassen vermochte.

Während er sich diesen ebenso realen wie abstrakten Gedanken widmete, wurde ihm aber überraschend erneut bewusst, dass er nun tatsächlich nicht mehr unter den Lebenden auf der Erde weilte, sein Tod also kein Irrtum war.

Und der Lohn dafür?

Er war um die Erfahrung und um die unglaubliche Begegnung mit einer neuen Seinsform reicher.

Reichte das aber, um dem hinter sich gelassenen Erdendasein nachträglich einen neuen, tieferen Sinn und auch Antworten auf noch viele offene

Fragen zu geben, besonders nach dem Eintritt in eine andere Seinsform?

Wie auch immer: Diese Erkenntnis und die damit verbundene Endgültigkeit jagten ihm erst einmal einen gigantischen Schrecken ein, kurz darauf jedoch spürte er bereits wieder grenzenlose Erleichterung und Freude in sich aufkommen, denn was da mit ihm geschehen war und (so hoffte er) weiter mit ihm geschehen würde, das war ja nicht allein das unglaubliche Erlebnis selbst, nein, es war vor allem die Auswertung einer gerade erst gemachten, völlig neuen Erfahrung, die zu erlangen ihm bisher versagt geblieben war.

Nun aber war es vollzogen, der nächste Akt und sein Marathon ins Ungewisse hatten begonnen, er war bereit. Und diese Reise ins noch vor ihm liegende Irgendwohin setzte sich hurtig fort.

Reise ins Irgendwo?

War es nicht vielmehr eine Reise ins Nirgendwo?

Oder sind das Irgendwo und das Nirgendwo, die doch scheinbar weit voneinander entfernt sind, gar ein und dasselbe?

Wie auch immer.

Er war auf jeden Fall fasziniert von dem gigantischen Schauspiel, das sich vor seinen Augen wie ein surrealistischer Film abspulte, in dem Salvatore Dali im Opium-Rausch im Wechsel mit Roman Polanski Regie geführt haben könnte.

Erneut wagte er einen Blick auf den Planeten, auf dem er vor kurzem noch gelebt und den er nun für immer hinter sich gelassen hatte.

Plötzlich stutzte er: Was er bisher für so gewaltig gehalten und zu Lebzeiten als ein unglaubliches, überhaupt als das größte Kunstwerk der Schöpfung aus der Sicht eines Erdenmenschen bestaunt hatte, das war auf einmal so winzig, kleiner noch als eine Briefmarke.

Die Erde nur eine Briefmarke?

Er konnte es nicht fassen. Wie hatten sich die Weisen unter allen weisen Männern zu allen Zeiten rund um den Globus nur so sehr irren können, als sie die Erde zum alleinigen Zentrum ihres geistigen und des gesamten Universums erklärt hatten?

Er spürte, wie beim Anblick der in Windeseile sich verkleinernden Erde eine seltsame Unruhe in ihn hinein strömte und in ihm zum ersten Male die konkrete Frage auslöste: Hatte es die Erde und ihn überhaupt jemals gegeben, war nicht alles nur Täuschung, war alles vielleicht nur eine Illusion und die Erde tatsächlich nichts anderes als eine virtuelle Briefmarke, auf der zu seiner großen Überraschung sein Konterfei abgedruckt war?

Und wenn es die Erde und ihn tatsächlich gegeben haben sollte, war sein Leben darauf vielleicht dennoch nur ein von höherer Macht auf Endlichkeit angelegter Traum, aus dem er ganz einfach zu früh erwachte und daher auch nicht wissen konnte, ob

er wirklich gelebt hatte und wie sein Leben verlaufen wäre, wenn er nicht zur Pistole gegriffen
hätte? Die kleine Pistole, das wusste er, die gab es
wirklich und den ihn tötenden Schuss ebenso, also
gab es in diesem Kapitel seines Lebens tatsächlich
so etwas wie absolute Deckungsgleichheit verschiedener Realitäten.

Neben allem, was in ihm und um ihn herum geschah, nahm er auch noch so en passant wahr, wie
in weiter Ferne ein weißer Blitz durch die dunkle
Nacht zuckte, synchron begleitet von einem harten Donnerschlag, dem ein Nebelschweif aus Ruß
und Schwefel folgte, der sich bedrohlich über das
Dunkel dieser Nacht und nicht weniger bedrohlich wie eine weiße, geisterhafte Puderschicht
auch auf ihn legte, gerade so, als würden vier Tage
ausreichen, um seinen Körper mit der Patina eines
Jahrhunderts zu überziehen.

Waren das etwa die späten Nachwirkungen und
traumatischen Erinnerungen an jene mächtigen
Bedrohungen, denen er als Kind und später auch
als heran reifender Mann auf Erden immer wieder
mal und dann stets so grausam ausgesetzt gewesen
war?

In dieser Sekunde jedenfalls, als seine Seele endgültig aus ihm entwichen war, da spürte er (und es
glich einem explodierenden Orgasmus), wie er
sich überraschend in mehrere Milliarden Atome
aufzulösen begann. Er hatte bereits einige Glücks-
Formen auf Erden kennen gelernt, doch das

Glücksgefühl, das ihn dieses Mal so heiß durchrieselte, das war neu und gigantisch. Ob er das geahnt und herbei gesehnt hatte in jenem Augenblick, in dem er die kleine silberne Pistole an seine Schläfe setzte und abgedrückt hatte?

Vielleicht war es so.

Das Glück hat eben viele Namen und Formen, es gebiert und kopiert sich ständig selbst und völlig neu, so wie es das Leben und alles Lebende und Wachsende in der Natur auch immer wieder tun. Und so war er nun auch fest davon überzeugt, bald schon als ein neues Samenkorn in den warmen Uterus der Urmutter Erde zurück zu kehren.

Er staunte über die Fülle seiner Erinnerungen und über das, was er noch wusste von jenem Augenblick, in dem er in sein erstes Leben gekommen war und dieses wieder verlassen hatte.

Und so glaubte er auch zu wissen: Was auf der Erde erst heranreift, in Schönheit erblüht, in ebenso großer Schönheit und Tristess dann wieder verblüht und stirbt, das wird, nein, das kann als Materie nicht einfach wieder in einem evolutionären Vakuum verschwinden oder gar für immer untergehen.

Nein, nein, nichts geht wirklich verloren. Nur das kurze, bisweilen als viel zu wichtig bewertete Leben eines jeden Menschen löst sich vorübergehend auf, bevor es dann nach Ablauf von ein paar tausend Jahren, auf jeden Fall sogar früher oder später abermals in eine andere Lebensform zurückgeführt wird.

Das Dasein eines jeden Lebewesens, das nun glaubte er erkannt zu haben, befindet sich stets in der schicksalhaften Abhängigkeit und im Zusammenspiel mit einer wundersamen Veränderungs-Apparatur (von wem erschaffen?), die seit Millionen Jahren dafür sorgt, dass sich das Leben des Menschen immer wieder auf ebenso natürliche wie auf wundersame Weise von einem physischen Zustand hin zu einem anderen geistigen Zustand bewegt, wodurch auch die Fortpflanzung der Spezies Mensch (bis jetzt) gesichert ist. Also heißt die Urformel der Evolution ständige Bewegung. Somit fließt alles, was einmal war (da war er sich ganz sicher) auch immer wieder in den geheimnisvollen Kreislauf des Lebens zurück. Er glaubte auf jeden Fall in diesem Augenblick ganz fest daran, dass ihm genau das gerade widerfuhr.

Wer, so fragte er sich, vermag das zu widerlegen? Selbst in der zunächst noch glimmenden, dann verlöschenden Aschenglut, diesem materiellen Feinstaub aus den Resten eines verbrannten menschlichen Körpers, auch darin befinden sich gewiss noch einige kaum wahrnehmbare Partikelchen, die irgendwann einmal in ferner Zukunft zu neuen Samenkörnern mutieren und im heißen Schoß der ewig fruchtbaren Erde die Wiedergeburt eines neuen Lebewesens einläuten werden. Der Gedanke an dieses Wunder versetzte ihn auch jetzt noch in allergrößtes Erstaunen, fast sogar in Ekstase und machte ihn abermals sehr glücklich. Übermütig fragte er sich: Komme ich dereinst vielleicht als eine duftende Rose (für Rosenkavaliere), als singende Nachtigall (für alle Liebenden), als schlitzohriger Fuchs (für Fabeldichter), als weiße Friedenstaube (als Illusion von Frieden), als garstiger und auf Erlösung wartender Frosch (den niemand an eine Wand wirft), als Stubenfliege (die kurz nach ihrem Erscheinen von Menschenhand erschlagen wird), als graue Feldmaus (von der Katze gejagt), als Hase (den der Jäger schießt), als farbenprächtiger Schmetterling (der des Menschen Auge erfreut) oder als ein völlig anderes Wesen irgendwann einmal auf die dann nicht mehr von Menschen bevölkerte Erde zurück? Vielleicht würde das so sein.

Auf keinen Fall aber würde er, das war ihm natürlich längst bewusst, noch einmal als er selbst in seinem nun nicht mehr vorhandenen Körper auf die Erde zurückkehren, so dass es ihm egal sein konnte, ob es die Erde dereinst noch geben oder ob sie längst im endlosen All verloren gegangen sein würde, weil die Menschen einfach nicht damit aufhören konnten, mit ihren Atom-und Wasserstoffbomben so lange zu spielen, bis sie sich damit selbst und ihren wundervollen Planeten in die Luft gesprengt hatten. Lässt sich das Wort Wahnsinn, so fragte er sich, überhaupt noch steigern?

Es geht ein Wahnsinn
um die Welt und hinterlässt
von Ost nach West,
von Süd bis Nord
eine blutige Spur
aus Gier, aus Hass,
aus Krieg und Mord
Er zerstört,
was sich in den Weg ihm stellt,
versündigt sich an allen
Gesetzen der Schöpfung,
weiß von Glaube, Hoffnung
und von Liebe nichts,
kennt Mitleid nicht
und zeigt auch kein Erbarmen
Dieser Wahnsinn
trägt den Namen
MENSCH
Das Gegenmittel,
sich von diesem Wahnsinn
zu befreien,
um im Geiste zu gesunden,
wurde bis heute nicht gefunden

Ja, irgendwann einmal (davon war er fest überzeugt) wird dieser Wahnsinn namens Mensch sich
selbst zum Tode verurteilt haben und auch sein eigener Henker sein. Kein Gott, nein, einzig der
Mensch wird also das Kunststück fertigbringen,
die Erde tatsächlich vollends zu zerstören und alles Leben darin und darauf abzutöten. Die hekti-

schen Vorarbeiten zum letzten Akt des Trauerspiels „Vom Leben und Sterben der Menschheit auf der Erde" liefen ja bereits seit einem Jahrhundert auf Hochtouren. Bis zum Urknall war es nur noch eine Frage der Zeit, der Eiserne Vorhang würde sich dann genüsslich über alles senken, was sich in Millionen Jahren in der so dramatischen Geschichte der Menschheit ereignet und dann in nichts aufgelöst hatte.

Und das wäre dann der absolute Triumph des Bösen (und der Dummheit) über den großen Geist des Menschen, der eben nicht groß und stark genug gewesen war, um sich gegen das Wüten der apokalyptischen Reiter und gegen das Böse in der Welt zur Wehr zu setzen. Noch schneller und gefährlicher als aller Fortschritt in tausenden von Kulturen und Zivilisationen hatte sich die Dummheit im Denken der Menschheit auf der Erde ausgebreitet wie giftiges Unkraut, das rund um die Uhr nachwächst und nicht auszurotten war. Er war dankbar, weder Opfer noch Täter im wüsten Spiel des Bösen und der Dummheit geworden zu sein.

Dieser Gedanke gefiel ihm und tröstete ihn über den Verlust seines ersten Lebens und über das zu erwartende und unrühmliche Ende der Menschheit hinweg.

Was hieß hier „erstes Leben"?

Wenn es ein „Leben nach dem Leben" gibt, dann muss es, so folgerte er, doch auch ein Leben vor dem ersten Erden-Leben gegeben haben.

Ob er auf diese Fragen jemals eine Antwort erhalten würde, und wenn er das erhoffte: Wer sollte ihm denn jemals eine Antwort auf diese verzwickte Frage geben? Je mehr er darüber nachdachte, umso fester war er davon überzeugt, dass nur er selbst es sein konnte, der vielleicht bald schon Antworten auf alle noch offenen Fragen finden wird und finden musste, denn nur in einer von ihm selbst gemachten Erfahrung nach seinem Erdenleben würde er die richtige Antwort entdecken, spürte er doch, dass er sich auf dem rechten Weg befand, um jetzt endlich zur Erfahrung aller Erfahrungen zu gelangen.

Nach der Auflösung in Milliarden Atome und beim Nachdenken über seinen neuen Zustand quälten ihn seltsamerweise nur zwei Fragen: Können Atome vielleicht denken und können sie sogar auch Tango tanzen?

Er vermochte es sich nicht so recht zu erklären, warum die gewiss törichte Frage, ob Atome Tango tanzen können, für ihn in diesem Augenblick so überaus wichtig war.

Erklärte es sich vielleicht aus einer immer noch in ihm vorhandenen, unstillbaren Sehnsucht, auch in seinem neuen Seins-Zustand unbedingt Tango tanzen zu wollen, ohne Tango tanzen zu können und ohne zuvor Tango auf Erden nach den Gesetzen dieses leidenschaftlichen Pas de deux jemals getanzt zu haben?

Doch wenn er ehrlich sich gegenüber bleiben wollte, dann musste er sich auch eingestehen, dass das einst in ihm brennende Bedürfnis, unbedingt Tango tanzen zu wollen, bereits in dem Augenblick und noch auf Erden vergangen war, als seine Geliebte einmal Tango tanzte mit einem professionellen Tangolehrer.

Was er da zu sehen und zu empfinden glaubte, als sie wild an ihm vorüber tanzte, ihn dabei verliebt anlachte, obwohl sie (so nahm er es wahr) in den Körper ihres Lehrers förmlich hineingeflossen war, das grenzte für ihn an Verrat, an Untreue, an Trennung und an einen Tod, wie ihn seiner Meinung nach einzig *Carmen* und *José* in Bizets tragischer Oper oder Richard Wagners *Tristan und Isolde* erleben dürfen: Das Wort Tango beginnt mit einem T, das Wort Tod auch, das verbindet diesen Tanz mit der Sehnsucht nach dem Tod.

Tango, das glaubte er begriffen und in seinem Blut gespürt zu haben, das ist eine ekstatische Tanzform der besonderen Art, ein dramatischer und lebensgefährlicher Tanz allein für Liebende, nur sie sind auserwählt, sich diesem leidenschaftlichen Zusammenspiel aller Körperteile und der in ihnen aufflammenden Sinne hemmungslos hinzugeben, bis der Wahnsinn sie zum Äußersten treibt. Tango war für ihn eine elementare Seins-Form und hatte in seinen Augen nichts mit einem artistischen und profanen Gesellschaftstanz gemeinsam. Tango und Tod waren für ihn eins.

Er war sich natürlich darüber im Klaren, dass seine Definition des Tango-Tanzens sehr subjektiv war, möglicherweise damals allein durch Eifersucht ausgelöst, doch eine andere, objektivere Deutung zuzulassen, das war für ihn nicht denkbar.

Tango oder nicht Tango, das war für ihn nun aber keine Frage mehr im Wechselspiel von Sein oder Nichtsein, von Leben oder Tod. Wenn er selbst jetzt auch aufgehört hatte zu existieren als der, der er einmal gewesen war, so hatte die Welt das nach seinem plötzlichen Abgang keineswegs getan: Alles ging weiter, auch das Tangotanzen der anderen:

Obwohl sich in jeder Sekunde und rund um die Uhr alles im Leben verändert, bemerkt der Mensch die so wichtigen kleinen Veränderungen meistens nicht sofort, ist aber dann oftmals sehr erstaunt darüber, was alles sich in ihm selbst und um ihn herum in der Welt verändert hat.

Und siehe da, plötzlich ist aus dem einst so fröhlichen Jüngling vielleicht ein alter, mürrischer, dem Leben misstrauender Mann geworden, aus dem schönen, doch scheuen Mädchen eine reife, an ihre Zukunft glaubende und alles wissende Frau. Der eine oder die andere wird früh ein guter Mensch und verlässt die Erde auch wieder als guter Mensch, der andere wird sehr früh ein böser

Mensch und schleicht sich schließlich auch als Bösewicht davon. Das hält dann die Welt im Gleichgewicht.

Und das Ergebnis?

Auf alle wartet seelenruhig der Tod.

Und so stand für ihn fest: Es gibt nur diese einzige Gewissheit unter allem, was der Mensch jemals zu wissen geglaubt hat und künftig an Erkenntnis zu erlangen erhofft. Und so ist diese bisweilen unter großen Qualen erworbene Erkenntnis auch der Weisheit allerletzter Schluss, der dem Streben und dem Leben eines Doktor Faustus nach Erlangung eben dieser Weisheit ein qualvolles Ende bereitete.

Was aber tat sich genau in diesem Augenblick in jener Welt, die bis vor vier Tagen noch sein physisches, sein geistiges, sein soziales und sein emotionales Zuhause gewesen war?

Er wollte es ergründen und machte dabei die Entdeckung, dass er sich überhaupt nicht wunderte über das, was er da zu sehen bekam: Die uralten Sterne über der sommerlichen Ostsee erblassten zwar etwas, verloren für einen winzigen Augenblick sogar ihre strahlende Ewigkeit. Das Leben am Timmendorfer Strand aber ging so laut und so leise und so aufregend und so banal weiter wie bisher.

Mit einem Unterschied: Er war nicht mehr dabei, es gab ihn nicht mehr. Er wusste nicht, ob er es bedauern musste, nicht mehr dabei sein zu können oder ob er glücklich darüber sein konnte, nicht mehr dabei sein zu müssen.

Eines indessen wusste er: Er konnte das Schicksalsrad seiner eigenen, so kleinen Geschichte genau so wenig zurückdrehen wie das gewichtige Rad der großen Weltgeschichte, das ihn zermalmen wird, wenn er es denn tatsächlich wagen würde, sich gegen die ungeschriebenen Regeln des Lebens und gegen die geheimnisvollen Gesetze der Weltenordnung zu stellen.

Nun gut, das wusste er bereits.

Und so war ihm selbstverständlich auch klar, dass er die in seinen Kopf eingedrungene Patrone nicht wieder in den längst abgekühlten Pistolenlauf zurück schieben konnte, so, als wäre nichts geschehen. Und er wusste auch, dass er das aus seiner explodierten Schläfe herausströmende und auf den weißen Teppich des Hotelzimmers am Timmendorfer Strand geflossene Blut nicht wieder durch die Schusswunde in seine Adern zurückführen konnte.

Eine Auferstehung für ihn würde es also nicht geben, ein solches den Lauf der Welt veränderndes Ereignis, das durfte nur ein einziges Mal in der Geschichte des Christentums stattfinden.

Rien ne va plus.

Natürlich war ihm die ebenso raffinierte wie amüsante Tricktechnik des Zurückspulens einer Filmrolle bekannt, wobei man nach Lust und Laune vom Ende eines Films wieder in die Mitte, an den Anfang und an jede andere beliebige Stelle zurückkehren und alles immer wieder zurück spulen und abermals neu anschauen und neu erleben kann wie beim ersten Male. Es war eine der vielen, so aufregenden Möglichkeiten des technischen Fortschritts, die Illusion vom „ewigen Leben" für zumindest einen Augenblick auf die Leinwand und ins eigene Bewusstsein zu projizieren. Doch dieser „Zaubertrick" war in seinem Falle nicht anwendbar. Das schmerzte ihn zunächst, dann aber fand er sich mit der ihm vom Schicksal zugedachten Rolle ab, was er als Fatalist zu Lebzeiten ja auch immer wieder hatte tun müssen. Außerdem, so wollte er sich trösten, wusste er ja auch nicht so genau, ob er überhaupt noch einmal als jener auf die Erde zurückkehren wollte, der er einmal gewesen war und ob er genau denselben Szenen seines nunmehr abgelaufenen Lebens mit denselben Personen tatsächlich noch einmal in denselben Räumen beiwohnen mochte. Nachdem die kleine Patrone in seinen Kopf eingedrungen war, da hatte sich ein solcher Wunsch in ihm nicht eingestellt.

Nein, das wollte er nicht, weder als passiver Zuschauer im Parkett noch als aktiver Hauptdarsteller auf der großen Weltenbühne zwischen Hamburg und München, zwischen Düsseldorf und Wien, zwischen Zürich und Salzburg, an jenen Stätten also, in denen er einst sein künstlerisches Zuhause gefunden hatte.

Tempi passati, das Spiel ist aus, endgültig.

Er hatte (außer in Filmen und im Theater) noch nie einen echten Pistolenschuss aus nächster Nähe gehört und war daher auch überaus glücklich, dass es ihm zu Lebzeiten erspart geblieben war, selbst von einer Kugel aus fremder Hand getroffen zu werden oder mit ansehen zu müssen, wie eine Kugel oder eine Patrone in einen menschlichen Körper oder direkt in dessen Kopf eindrang.

In jener schicksalhaften Nacht aber, die er mit einer urplötzlich in sein Leben getretenen Frau im exklusiven Timmendorfer Hotel Maritim verbracht hatte, da war alles anders, da wurde überraschend Wirklichkeit, woran er zwar hin und wieder kurz gedacht, es jedoch nicht für möglich gehalten hatte, dass es jemals auch geschehen könne.

Er musste plötzlich lächeln, als er sich die Frage stellte: Können sich pubertäre Träume hin und wieder auch noch viele Jahre später oder sogar überhaupt erst im reifen Mannesalter erfüllen?

Wie auch immer.

Der tödliche Schuss und sein schauriges Echo klangen jedenfalls als unwiderlegbare „Beweisstücke" für den überstürzten Auszug aus seinem Erdenleben immer noch dröhnend in seinen Ohren.

Es war nur ein kurzer, aber ein sehr heftiger Schlag, der seine ausklingenden Herztöne um ein Vielfaches an Lautstärke dessen übertraf, was zur selben Zeit in der Welt um ihn herum geschah.

Dann trat eine geradezu metaphysische Stille ein,

die ihn verstörte, kam er doch aus einer lärmenden Welt, in der es Stille nicht gab, dort weder gesucht noch vermisst wurde.

In diese Stille hinein ertönte plötzlich die etwas heisere Stimme eines Mannes, der auf dem Friedhof am Timmendorfer Strand zu ihm und zu vielen schwarz und auffallend sehr vornehm gekleideten Menschen sprach.

Die Trauerfeier in der Einsegnungshalle war auf zwölf Uhr mittags angesetzt. Als er dort angekommen war, erblickte er vor der Kapelle eine riesige Menschenmenge und im Innern waren alle Plätze bereits besetzt, was ihn irritierte und zugleich erfreute, doch ebenso großes Missfallen in ihm auslöste.

Er wusste nicht, was er jetzt machen sollte, er musste auf jeden Fall irgendwie hinein kommen, es ist schließlich eine Trauerfeier mit anschließender Beerdigung, die seine persönliche Anwesenheit auf jeden Fall dringend erforderlich macht.

So oder so.

Nachdem er mehrfach, doch vergebens versucht hatte, sich einen Weg durch die wie ein Bienenschwarm summende, den Eingang versperrende Menge in das Innere der Kapelle zu bahnen, wobei er in etwa acht Minuten mal gerade einen Meter weiter gekommen war, da spielte er kurz mit dem frevelhaften Gedanken, einfach fort zu gehen und der Trauerfeier demonstrativ fern zu bleiben.

Als er sich gerade umdrehen wollte, um tatsächlich zu gehen, da fiel sein Blick auf einen Herrn im Innenraum der Kapelle, der direkt neben dem aufgebahrten Sarg stand und ihn mit heftigen Gesten zu sich heran winkte, dabei auf einen leeren Stuhl weisend, so, als sei dieser einzige noch leere Platz extra für ihn reserviert worden.

Entschlossen drängelte und schlängelte er sich nun durch die schwarze Menschenmasse, kam nur mühsam voran, doch schließlich durch und setzte sich auf den ihm zugewiesenen Platz, der sich nur einen Meter entfernt vom Sarg befand.

Erst in diesem Augenblick erkannte er den Mann, der ihm so freundlich zugewinkt und der ihn nun so überaus herzlich mit einer sehr heiseren Stimme begrüßt hatte. Es war sein Berliner Freund Knut, den er vor etwa fünf Jahren zum letzten Mal gesehen und gesprochen hatte. Er war sehr glücklich, seinen alten Freund in dieser so schweren Schicksalsstunde in seiner Nähe zu wissen.

Er schaute sich diskret um und war erstaunt über die Anwesenheit so vieler Menschen, die offensichtlich alle seinetwegen gekommen waren und krampfhaft versuchten, ganz besonders würdevoll dreinzuschauen. Er hatte längst damit aufgehört sich zu fragen, wem von diesen vielen schönen Damen und eleganten Herren er zu Lebzeiten jemals persönlich begegnet war.

Und wenn er sich erinnern könnte, was hätte er davon, was würde sich ändern?

Würden die auf diese Weise sich einstellenden Erinnerungen sein abrupt beendetes Leben nachträglich verschönern und bereichern, ihm gar einen neuen, tieferen Sinn verleihen?

Er weigerte sich, das so zu sehen, ergab doch die Deutung seines SEINS durch andere für ihn keinen rechten Sinn.

Noch während er sich diesem Gedankengang widmete, da erst sah er, dass der Sarg geöffnet war, was ihm bei seinem Eintritt in die nur spärlich beleuchtete Kapelle und beim Platznehmen seltsamerweise nicht sofort aufgefallen war.

Und er bemerkte auch erst jetzt, dass rund um den Sarg viele Dutzend große und kleine Kränze, hunderte rote und weiße Rosen gelegt worden waren, eine bunte Blumenmauer, die nichts voneinander trennte, sondern mehr dem Leben zugedacht war und den Gedanken ans Sterben und an den Tod in ihm nicht zulassen wollte.

Wahrlich ein farbenprächtiges Bild, wobei ihn die vielen mit riesigen Goldschriften bedruckten Schleifen an den Kränzen seltsam berührten, fand er doch auf jeder Schleife seinen Namen. Diese Aufdrucke seines Namens in Gold, Rot und Schwarz belegen aber ausreichend, dass es ihn gegeben hatte und waren auch Beweise dafür, dass er nun gestorben war. Alles war rätselhaft und irgendwie auch makaber, zumindest höchst befremdlich.

Er beugte sich ganz leicht vor und zuckte zusammen, als sein Blick auf den Toten fiel.

Da war es wieder, dieses ungute, unheimliche Gefühl, das ihn stets überfiel, wenn er auch nur kurz in die Nähe des Anderen kam und in dessen Antlitz schaute. Das war seit vielen Jahren so, denn er konnte dem Anderen genau so wenig entgehen wie dieser ihm, ein jeder war dem anderen ausgeliefert. Bis zu dem Tag, an dem sie sich verloren hatten.

Sollte sich an diesem Tag und nach so vielen Jahren alles wiederholen?

Über zwei Jahrzehnte zuvor verband die beiden eine große Liebe, eine besondere Art der Liebe und der Zärtlichkeit, so wie man sie nur bei eineiigen Zwillingen beobachten kann.

Dann geschah etwas, was er und der Andere einfach nicht bemerkt und auch niemals begriffen hatten. Es war eines Tages einfach da. Plötzlich war aus Liebe Hass geworden, Eifersucht, Neid und nicht verarbeitete psychische Verletzungen während ihrer Kindheit und niemals aufgeklärte Missverständnisse hatten sich beider bemächtigt und voneinander getrennt. Es gab keine Begegnung mehr zwischen ihnen, die sich zuvor abgöttisch liebten, von denen keiner ohne den anderen leben wollte.

Und doch lebte jeder danach so, als hätte es den Anderen niemals gegeben. Es war, als wären sie beide (unfreiwillig) die Hauptakteure in einer griechischen Tragödie von Aischylos oder von Euripides, in der ihr Scheitern nichts anderes war als die Erfüllung ihres Schicksals, das ihnen die Götter im Olymp zugedacht hatten.

Aber da gab es noch etwas, was ihn und den Anderen quälte: Es war die nicht zu verdrängende Sehnsucht nach dem anderen. Keiner der beiden vermochte sich zu Lebzeiten eine Antwort auf die Frage zu geben, warum sie dem Ruf ihrer Sehnsucht nicht gefolgt waren, obwohl es immer wieder kurz aufflammende Momente und auch Möglichkeiten gab, in denen ein jeder sich spontan auf den Weg zu seinem Ebenbild hätte machen können.

Und es doch nicht tat.

Er bekam einen Schreck, ein kalter, ihn schmerzender Schauer lief ihm plötzlich über die Rückenhaut und Schweiß brach ihm aus: Der Mann, der da im offenen, schwarz lackierten Sarg lag, sorgsam aufgebettet wie eine ägyptische Gottheit, so fremd und so fern und dennoch zum Greifen so nah, das war, kein Zweifel möglich, er selbst und nicht der Andere.

Oder doch der Andere?

Natürlich wusste er, dass er gestorben war und das durch eigene Hand, dennoch erschrak er heftig über die plötzliche Begegnung mit dem Toten da im schwarzen Sarg.

Er konnte seinen Blick nicht abwenden von dem kalkweißen, etwas gelblichen Gesicht des Mannes, der da so einsam im Sarg ruhte. Es war ihm, als müsste er, fast zwanghaft, ohne Widerspruch und auf Geheiß einer höheren Macht in einen magischen Spiegel schauen, der ihm ständig zwei Gesichter zeigte, in stetem Wechsel erst das seine und dann das des Anderen, beide Gesichter glichen sich wie ein Ei dem anderen. Ein teuflisches Spiel.

Wer aber war wer?

Er schloss die Augen, öffnete sie jedoch rasch wieder und wollte dem stummen, ihn heraus fordernden Blick seines Widerparts unbedingt standhalten, glaubte er doch instinktiv zu fühlen, dass es jetzt um die Entscheidung ging.

Und das hieß: Sein oder Nichtsein, er oder ich.

Einer von uns beiden, so ging es ihm durch den Sinn, ja, einer wird und muss verlieren, nur einer kann der Sieger sein in diesem unbegreiflichen, so absurden Spiel, dessen Sinn er noch immer nicht zu entschlüsseln vermochte. Zugleich aber spürte er schmerzhaft, dass er noch immer auf ein Wunder hoffte. War es das Wunder einer Versöhnung mit dem Anderen?

Abrupt erhob er sich und er wusste auch, warum er die Kapelle jetzt verlassen musste: Er wollte die in ihm auflodernden Emotionen nicht zulassen.

Nein, nein, auf keinen Fall.

Und so beschloss er, diesen kalten und seelenlosen Raum sofort zu verlassen, um das unerfreuliche

Zusammentreffen mit sich selbst im Anderen rasch zu beenden.

Doch er verließ die Kapelle nicht, nein, er ging vielmehr und das wie in Trance zwei kleine Schritte auf den Sarg zu, so als hätte der Andere ihn leise gerufen oder ihm befohlen, sich ihm zu nähern. Er beugte sich leicht nach vorn und betrachtete das Gesicht des Toten nun aus allerkürzester Distanz. Plötzlich stutzte er, denn es zeigte sich keine Wunde, es war kein Einschussloch an der rechten Schläfe zu sehen. Was bedeutete das, hatte man (wer?) den Toten, also ihn geschminkt, ihm eine Maske aufgesetzt, um die zertrümmerte Gesichtshälfte vor den Augen der Welt zu verbergen?

Warum diese Täuschung?

Er schaute wie gebannt auf das scheinbar unverletzte Gesicht des Toten, geriet in Panik, musste er nun doch vermuten, dass er es gar nicht sein konnte, der da im Sarg ruhte. Es musste also doch der Andere sein. Er atmete tief durch und spürte plötzlich große Erleichterung in sich hinein strömen. War er also gar nicht gestorben, hatte der Andere sich getötet, sich gar für ihn geopfert?

Während er darüber nachdachte, glaubte er auf den bleichen Lippen des Mannes im Sarg ein kaum wahrnehmbares Lächeln bemerkt zu haben, begleitet von einem feinen Augenzwinkern, so als wollte der Tote ihn nochmals ganz nah zu sich heranlocken, um ihm unbedingt ein Geheimnis anzuvertrauen.

Was für ein Geheimnis konnte das sein?

Er wollte in diesem kleinen, scheuen Lächeln aber auch eine Spur von Ironie bemerkt haben, einen winzigen Hauch jener unerträglichen, fast schon diabolischen Ironie, die ein wesentlicher Bestandteil der Persönlichkeit des Anderen stets gewesen war und was ihn immer wieder in Rage gebracht hatte und ihn auch in diesem Augenblick noch sehr irritierte.

Es war also doch der Andere.

Nein, nein, er selbst musste es sein, glaubte er doch im Gesicht des Toten an der rechten Schläfe soeben eine kleine rote Narbe entdeckt zu haben, die der Maskenbildner beim Schminken offensichtlich übersehen und nicht mit Farbe bedeckt hatte. Er wusste in diesem Augenblick nicht, ob er weinen oder lachen sollte. Also lag nicht der Andere im Sarg, sondern doch er, die nicht überschminkte Narbe war der Beweis. Oder war auch das alles nur Täuschung?

Abwarten.

Er drehte sich um und nahm wieder Platz auf seinem Stuhl. Seltsam: Er war erstaunt darüber, dass ihm dieses scheue Lächeln gefiel und in dem kurzen Augenzwinkern wollte er gar ein Aufblitzen von Freundlichkeit, von Humor und sogar etwas Menschliches entdeckt haben.

Er wurde nachdenklich, quälte sich mit der Frage: Warum dann aber diese spürbare Ironie, was verbirgt sich wieder einmal an Heimtücke hinter diesem undeutbaren Lächeln des Anderen?

Besteht die vermutete Heimtücke darin, dass der Andere ihn einfach nur durchschaut und daher lächelt, so wie Sieger eben zu lächeln pflegen?

Er dachte nach, fand jedoch keine Antwort.

Noch nicht.

Ja, der Andere lag so, als würde er schlafen, in tiefstem Frieden und im absoluten Einklang mit sich und mit der ganzen Welt, so entspannt auch, als habe er in den letzten Sekunden seines Daseins zugleich auch das allerletzte Geheimnis seines Lebens und des Weltengeistes erkennen und endlich für sich entschlüsseln dürfen.

Dann fiel sein Blick erneut auf das vollkommen entspannte Gesicht des im Sarg liegenden Mannes, in dem er nun keine Ironie mehr bemerkte und das auch nicht mehr, wie er einen Augenblick lang dachte, von bösen Gedanken gezeichnet war.

Er atmete auf, sah er sich nun doch befreit von dem Verdacht und von dem Makel, nicht redlich gedacht zu haben. Und so löste sich der kurz aufgetauchte Argwohn in ihm wieder auf.

Er war erleichtert.

Wie schön, so ging es ihm durch den Kopf, ja, wie schön und geheimnisvoll kann doch der Tod und die Begegnung mit ihm sein, zu welchen tieferen

Einsichten und wohin mag uns dieses allerletzte Erlebnis überraschend noch führen? Da fiel ihm ein Gedicht ein, das er einst geschrieben hatte, als er den Tod seines Freundes Rolf H. beweinen musste:

Die Lebensuhr
geliebter Menschen
bleibt immer häufiger nun stehn
Das tut weh
Und es fällt mir schwer,
immer schwerer auch,
diesen Stillstand zu verstehn
Ist es also Zufall nur
oder hat es einen tief'ren Sinn,
dass in dieser Welt
ich noch immer bin?
Vom Anfang weiß ich wohl,
aus der Mitte
bin ich längst schon fort
Doch wo ist mein Ziel,
wann bin ich dort?

Ja, wann war er am Ziel, wann war er dort – hatte er überhaupt eine Chance, jemals an ein Ziel zu gelangen, wenn er doch nicht einmal wusste, um welches Ziel es sich überhaupt handelte und er noch weniger eine Ahnung davon hatte, auf welchem Wege er dieses unbekannte Ziel erreichen konnte?

146

Zusätzlich quälte ihn plötzlich auch noch die Frage: Gibt es überhaupt einen geraden Weg von der Geburt bis hin zur letzten Sekunde auf Erden oder sind nicht alle Wege bis zum Tod immer weder nur Umwege, die oftmals mehr in die Irre führen als an das anvisierte Ziel und an jenes Ende, das jedem Menschen vom Schicksal zugedacht ist?

Noch bevor er sich auf diese Fragen eine Antwort geben konnte, da erklang abermals die etwas heisere Stimme jenes Mannes, den er erst beim zweiten Blick als seinen Freund Knut zu erkennen vermochte: *„Ich darf Ihnen kurz erklären, warum ich hier stehe und kein Pfarrer. Mein Freund, der Atheist war, hatte mich bereits vor langer Zeit darum gebeten, im Falle seines Ablebens dafür zu sorgen, dass kein Mann der Kirche die Trauerrede hält. Außerdem hätten die Umstände seines plötzlichen Todes das vielleicht auch gar nicht zugelassen.“*

Aha, so ging es durch seinen Kopf, mein Freund spielt hier gewiss auf meinen ungewöhnlichen Abgang aus dieser Welt an. Aber woher weiß er das und wie kommt er dazu, zu behaupten, dass ich ihn gebeten habe, eine Trauerrede zu halten, wenn ich eines Tages gestorben bin? Oder habe ich das vielleicht doch getan und nur vergessen?

„Ich werde“, so setzte Knut ungestört seine Rede fort, *„ja, ich werde meinem Freund diesen Wunsch also erfüllen. Aber erwarten Sie von mir bitte keine Trauerrede wie es so Brauch ist, nein,*

ich möchte nur ein paar Worte sagen, Worte eines Freundes, der Abschied nehmen muss von einem Mann und von einem Freund, dem das Schicksal neben vielen Talenten eine außerordentliche Begabung zugedacht hatte. Es war, ich weiß, es mag pathetisch klingen, es war die Gabe zu lieben und andere Menschen glücklich zu machen".

Er wollte gerade gegen die etwas illegitimen Worte seines Freundes protestieren, als er sich daran erinnerte, dass er ihn tatsächlich darum gebeten hatte, eine Trauerrede zu halten, wenn er diese Welt denn irgendwann einmal verlassen haben sollte, er hatte es einfach nur vergessen. Und so kam unverhohlen Freude in ihm auf.

Da stand auf jeden Fall kein ihm fremder, angestrengt um Würde und Pathos ringender Pfaffe im schwarzen Talar vor seinem Sarg, um mit geübten und gesalbten Worten die Trauergemeinde zu trösten, nein, da sprach sein alter, aus Berlin angereister Freund. Keiner aus seinem Freundeskreis, davon ist er überzeugt, kennt ihn so gut wie Knut. Da durchströmte ihn ein großes Glück.

„Allein seine Art zu sprechen", so hörte er seinen Freund sagen, *„jede Silbe, jedes Wort überdeutlich betonend, das war nicht nur eitle Lautmalerei aus dem Munde eines Menschen, der die deutsche Sprache über alles liebte und absolut beherrschte, nein, es war eine Sprachkultur, wie ich sie persönlich an keinem anderen Menschen in einer solchen Schönheit und Vollkommenheit jemals zu-*

vor entdecken konnte. Sprach ich mit ihm, besser gesagt, wenn er zu mir sprach, dann genoss ich nicht nur die hohe Kunst seines schönen Sprechens, nein, da öffneten sich für mich jedes Mal aufs Neue mir bislang fest verschlossene Türen zu großen und tiefen philosophischen Gedanken und menschlichen Einsichten"

Er war beeindruckt.

Ja, das gefiel ihm, diese klaren Worte skizzierten und benannten sein philosophisches Denken auf vortreffliche Weise, spiegelten sein reales Weltbild ebenso wider wie sein persönliches Künstlertum und sein Verständnis von Kultur und von Menschlichkeit.

Und so war er natürlich besonders glücklich darüber, dass sein Freund auch die Schönheit der deutschen Sprache erwähnte, die Sprache Goethes und Heinrich Heines, die Sprache von Thomas Mann und von Hermann Hesse, vor allem die Sprache von Stefan Zweig, die auch seine Sprache war, die er auf seine Weise und nur so sprechen konnte, um nicht ersticken zu müssen an der täglich zunehmenden Verrohung der Sprache und an der Banalisierung des Denkens unter den Menschen im Lande der Dichter und der Denker. Und er fragte sich: Hat es dieses über viele Generationen nicht nur von den Deutschen besungene Land der Dichter und der Denker tatsächlich einmal gegeben und wenn, auf welchen Breitengraden mag sich dieses Land dann nur befunden haben?

Fest stand, dass er bis vor vier Tagen in einer deutschen Gegenwart gelebt hatte, die ihm von Tag zu Tag mehr Angst einflößte und in ihm die schmerzliche Frage „Quo vadis, Deutschland" aufkommen ließ:

Du Land
der geliebten Dichter
und der nach Weisheit
suchenden Denker,
sag an,
was nur ist
mit dir gescheh`n?

Dein Gemüt ist krank,
dein Geist noch kränker
Ach, Deutschland,
wohin nur
wirst du geh`n?

Deutschland,
ich darf es nicht verschweigen:
Ich kann mit Hochachtung
mich vor dir nicht mehr verneigen
Nein,
ich habe nur noch Angst
um dich
und auch um mich.

Wohin Deutschland heute und künftig auch immer gehen mochte, es war ihm nach seinem Ableben und besonders in diesem Augenblick völlig egal, da er ohnehin nichts mehr am Lauf der Welt und an den Verhältnissen in seinem einstigen Vaterland ändern konnte und das auch gar nicht mehr wollte, ein solcher Veränderungswunsch stand nicht mehr im Pflicht-Programm seines gerade erst neu erlangten Bewusstseins: Das obliegt nun den nachfolgenden Generationen, wenn sie dazu noch eine Gelegenheit haben sollten. Aber das war ein anderes Thema.

Ja, dass sein Freund auch über die Schönheit der deutschen Sprache nachgedacht und das so klar ausgesprochen hatte, das nahm er nun als ein persönliches Abschiedsgeschenk überaus glücklich und in großer Dankbarkeit entgegen.

„Ein jeder hier im Städtchen", so fuhr sein Freund fort, „kannte ihn, nein, präziser gesagt: man ,erkannte' ihn, wenn man ihm auf der Strandpromenade oder wo auch immer über den Weg lief. Ich hatte das große Glück, ihm eines Tages während eines Theater-Festivals in Hamburg zu begegnen, als er ein letztes Mal im dortigen Schauspielhaus mit seinem ,Hamlet' zweitausend Besucher fast in den Wahnsinn trieb. Mir wurde das Glück zuteil, sein Freund werden zu dürfen. Ich bin sehr traurig darüber, dass es ihn nicht mehr gibt. Es waren einzigartige, unwiederholbare Sternstunden, wenn wir mal zu zweit oder in größerer Freundesrunde leidenschaftlich über Politik diskutierten, über Kunst, über Literatur, über das Theater und über Musik, vor allem jedoch immer wieder über die

Liebe und über Freundschaft. Er liebte die Men-
schen, das Leben, die ganze Welt, er erträumte
sich die Erde als Paradies, obwohl er wusste, dass
sich die Hölle nicht nur in abstrakter Ferne, son-
dern immer häufiger mitten unter uns und gleich
nebenan oder bereits vor unserer Tür befindet.
Was ihn nicht davon abhalten konnte, auch wei-
ter an das Gute im Menschen und an das Vorhan-
densein seiner Paradiese zu glauben. *Ich erinnere*
mich daran, dass er mir einmal sagte, wie glück-
lich er sein würde, wenn alles noch einmal mit
Adam und Eva beginnen könne, wobei er sich in
der Rolle des Adam sah, ausgestattet mit den Er-
fahrungen und allen Erkenntnissen, also mit dem
gesamten Bewusstseinsstand von heute. Wen er
sich als Eva wünschte, das verriet er mir nicht."

Ja, wer, so fragte er sich in diesem Augenblick,
wer hätte seine Eva werden können, wie schön
und mit welchen hehren Tugenden hätte sie ausgestattet sein müssen, um gemeinsam mit ihr die
tragische und von Blut getränkte Geschichte der
Menschheit noch einmal neu beginnen zu lassen
und vielleicht völlig anders gestalten zu können?

Auf der Suche nach der zu ihm und zu seinem er-
träumten Paradies passenden Eva durchlief er in
Windeseile alle seine Erinnerungs-Kammern, in
denen sich so viele schöne, einst sehr geliebte und
kluge Frauen aufhielten, doch seine Paradies-Eva
entdeckte er nicht darunter.

Das wunderte ihn und löste Trauer in ihm aus.

Dann aber stutzte er: Doch, da gab es zwei Frauen, von denen eine jede seine Eva hätte werden können. Die eine trat eines Tages wie ein Geist aus einer anderen Welt in sein Leben.

Als er dann später über das plötzliche Erscheinen dieser Frau nachgedacht hatte, da glaubte er noch immer zu spüren, dass damals tatsächlich ein Engel seinen Lebensraum betreten hatte und ihn verwirrte.

Dieses Zusammentreffen war, gemessen an der Unendlichkeit der Zeit, zwar kürzer noch als ein Wimpernschlag, doch es hinterließ in ihm das wundersame und geheimnisvolle Bildnis einer Frau, das nie mehr aus ihm entwichen war. Sie huschte wie eine Sternschnuppe in sein Leben hinein, erleuchtete für einen Augenblick seine Welt und entschwand daraus ebenso rasch wie sie urplötzlich aufgetaucht war.

Er war dieser Frau danach niemals wieder begegnet, was ihn bisweilen glauben ließ, dass es sie überhaupt nicht gegeben hatte.

Aber es gab einen ganz konkreten Beleg dafür, dass die Begegnung mit dieser Frau keine Vision gewesen sein konnte, nein, es musste sie wirklich gegeben haben. Und dieser Beweis in seinen Händen war ein von ihr gemaltes Bild, das sie ihm zum Abschied geschenkt hatte. Ein rätselhaftes, ein farbenfrohes und verspieltes, ein wenig an Paul Klee und auch an Miro erinnerndes, ein

Hoffnung auf Hoffnung machendes, pure Lebensfreude ausstrahlendes Bild.

Er schaute dieses Bild, das er stets um sich hatte wie eine heilige Reliquie, vor allem dann besonders intensiv an, wenn er hin und wieder einen Blick zurück in seine Vergangenheit warf oder wenn düstere Gedanken über ihn herfielen und nicht von ihm weichen wollten. Jedes mal, wenn er sich mit dem Bild unterhalten hatte und dabei zur Überzeugung gelangte, mit dieser entschwundenen Frau direkt gesprochen zu haben, gerade so, als hätte sie während des Gesprächs leibhaftig vor ihm gestanden, dann fühlte er sich wieder stark und frei genug, um das Leben zu lieben und um den Weg in die Leichtigkeit seines Seins wieder zu finden und darauf weiter zu gehen.

Abermals ein Mysterium.

Und da gab es dann ja noch die zweite Frau, die seine Eva hätte werden können: Er begegnete ihr (es löste noch immer Verwunderung in ihm aus) auf einer deutschen Autobahn, als sie ihn mit 160 Stundenkilometern zwischen Karlsruhe und Heidelberg auf der linken Spur überholte. Es trafen sich ihre Blicke, es waren schicksalhafte Blicke.

Er gab Gas, überholte nun seinerseits den BMW dieser unbekannten Frau, kurbelte das Fenster runter, lächelte sie an, sie lächelte zurück, kurz vor einer Raststätte setzte er sich abermals vor ihr Auto, streckte spontan seine linke Hand zum Seitenfenster hinaus, wies mit unmissverständlichen

Zeichen auf die immer näher kommende nächste Ausfahrt, betätigte dabei wie wild den rechten Blinker.

Würde sie die Zeichen verstehen und ihm zur Raststätte folgen?

Die Unbekannte hatte (sein Herz begann heftig zu klopfen) die Zeichen verstanden, folgte ihm tatsächlich, parkte neben ihm ein, entstieg dem Auto und kam etwas unsicher, doch (so schien es ihm) wie magisch angezogen auf ihn zu.

Da standen sie sich nun, zwei Fremde, plötzlich gegenüber, ein jeder war etwas nervös und aufgeregt, sie gestand ihm mit leiser Stimme, dass sie so etwas noch nie in ihrem Leben getan habe, er versicherte ihr, dass es auch bei ihm das erste Mal gewesen sei, sie lächelten tapfer ihre kleinen Unsicherheiten aus sich heraus, tranken in der Raststätte einen Kaffee, jeder von ihnen sprach über sich, stellte dem anderen natürlich nur kluge Fragen (die möglicherweise eher töricht und dennoch so überaus wichtig waren).

Er schaute sie aufmerksam an, sie war keine gängige Schönheit von heute, sie schien aus einer anderen Zeit zu kommen, hatte ein klassisches, ein hübsches Gesicht, aus dem ihn zwei strahlende Augen lächelnd anschauten und ihr gurrendes Lachen, das aus geheimnisvollen Tiefen ihres Körpers zu kommen schien, das verzauberte ihn bereits in diesem Augenblick und tat es auch später immer weder. Selbst noch nach vielen Jahren, wenn er hin und wieder an sie dachte, glaubte er ihr gurrendes, so herrliches Lachen zu hören.

Woher aber kam diese große Vertrautheit, an wen nur erinnerte sie ihn?

Er dachte nach. Plötzlich wusste er es: Sie hatte eine geradezu unglaubliche Ähnlichkeit mit Ingrid Bergman, die er vergötterte. War es vielleicht diese Ähnlichkeit mit der von ihm so verehrten Leinwanddiva, die ihn glauben ließ, dieser jetzt neben ihm sitzenden, Kaffee trinkenden Frau bereits einmal in seinem Leben begegnet zu sein?

Es war wohl so.

Was damals dann aber an dieser Raststätte genau mit ihnen und in ihnen geschah, daran vermochte sich keiner von beiden später genau zu erinnern. Eines stand indes für beide fest: Sie hielten einen Zufall absolut für ausgeschlossen, werteten diese Begegnung eindeutig als Schicksal, als das einzig ihnen zugedachte Schicksal, dem sie nicht entgehen konnten und sich nun zu stellen hatten.

So oder so.

Was sie dann auch taten, überzeugt davon, dass es genau so und nicht anders sein konnte. Sie waren bestrahlt von dem einzig nur ihnen vorbestimmten Karma.

Es folgte eine kurze, sehr leidenschaftliche Beziehung, in der sich sogar Hoffnung auf eine gemeinsame Zukunft bemerkbar gemacht hatte, die beide von Tag zu Tag mehr (unter Ausschaltung aller Vernunft) in einen fast rauschartigen Zustand versetzte, um an eine späte, große Liebe glauben zu können und auch daran glauben zu wollen, gab es doch viele untrügliche und wundervolle Anzeichen dafür, dass sie füreinander bestimmt und stark genug sein würden, um die zwischen ihnen vom Schicksal hoch aufgetürmten Hürden zu überwinden.

Doch das Schicksal hatte anderes mit ihnen vor: Als ihr Liebestraum gerade hoch entflammt und ein Erlöschen nicht mehr denkbar war, da meldete sich die Wirklichkeit auf unerbittliche Weise und wie ein Strafgericht zurück.

Und diese „Wirklichkeit" setzte sich aus dem Vorhandensein zweier entzückender, noch minderjähriger Kinder im Verbund mit einer Großbürgerlichkeit zusammen, die eine Veränderung der ehelichen und familiären Verhältnisse nicht gestattete. Sie hatten im Rausch und in großer Verliebtheit die Grenzen der „Normalität" überschritten und sich damit schuldig gemacht. Und mit dieser Schuld wollten und konnten weder er noch sie leben, auf einem solchen Humus lässt sich kein neues Glück aufbauen.

So endete eine Liebe und mir ihr entschwand aus seinem Leben die Frau, die er nur gar zu gern ebenfalls als seine Eva mit auf den Weg in das von ihm erträumte Paradies genommen hätte.

Tempi passati!

Während ihn bei dem Gedanken an seine zweite Eva etwas Wehmut erfasste (der er sich seltsamerweise mit Wonne hingab), sprach sein Freund mit sanfter Stimme weiter, sich erinnernd: *„Bei der Interpretation brisanter Inhalte und bei der kritischen Betrachtung aktueller Ereignisse um uns herum, sei es die neue Völkerwanderung, sei es der brutale Terror fanatisierter und gottloser Monster-Wesen weltweit, sei es der so genannte ,Krieg der Religionen' oder der viel zitierte ,Krieg der Kulturen', (beides ist in seinen Augen ein großes Missverständnis zwischen der alten und der neuen Welt), da ging es meistens sehr heftig zu. Da wir uns aber bereits sehr früh der Toleranz und den heiligen Gesetzen einer von ihm entwickelten und von uns mit Freuden praktizierten Verhaltenskultur verpflichtet sahen, kam es niemals zu einem Streit zwischen uns, selbst dann nicht, wenn unsere Gedanken und Argumente bisweilen völlig aus dem Ruder gelaufen waren und in einer unvereinbaren Gegensätzlichkeit zu verharren drohten, was mitunter auch geschah, stets fanden wir einen Ausweg aus der scheinbaren Unvereinbarkeit unseres Denkens und fanden jedes Mal Antworten auf das, was uns quälte. Wir waren eine fest zusammen geschweißte, eine ambitionierte, eine diskutiersüchtige Runde von total verrückten Individualisten und keine bildungsbürgerliche Streitgemeinschaft, in der ein jeder den anderen an Wissen oder an intellektueller Originalität zu übertreffen versuchte. Nein, wir suchten die Essenz, die Klarheit im Denken, wir suchten die*

Wahrheit, die Wahrheit über das Leben, die Wahrheit über die Liebe und über das Böse, auch die Wahrheit über uns selbst. Und wir suchten fieberhaft nach Lösungen für all jene Probleme, die unsere heutige Welt von Tag zu Tag mehr in den Abgrund zu stürzen drohte und noch droht. Dass wir überhaupt so frei und klar denken konnten, auch das verdanken wir ihm, dem plötzlich verstorbenen Freund. Besonders traurig macht es mich persönlich auch, dass ich nie wieder mit ihm lachen kann. Sein Lachen war gigantisch, es war wie das Lachen der Götter auf dem Olymp".

Was er da gerade aus dem Munde von Knut hörte, das waren wirklich sehr schöne, bewegende Worte eines wahren Freundes. Er kam zu dem Schluss, dass Knut möglicherweise mehr über ihn zu wissen schien als er selbst.

War das möglich?

„Er war", so sprach sein Freund dann weiter, *„so etwas wie eine nicht-amtliche Symbolfigur, er war aus dem Nichts, wie Phönix aus der Asche aufgetaucht und zu einem Wahrzeichen in Timmendorf geworden, unübersehbar. Ein jeder blieb unwillkürlich stehen, drehte sich nach ihm um, wenn er an einem von uns vorüber gegangen war. Sein Kopf war stets bedeckt mit einem riesigen schwarzen Filzhut, der ihm das imposante Aussehen eines spanischen Grande verlieh. Vielleicht war es diese ‚Verkleidung', die viele daran hinderte, zu erkennen, wer sich tatsächlich dahinter verbarg.*

Auch in Hamburg sah man ihn immer nur in Schwarz gekleidet. Mal hatte er einen langen weißen, ein andermal einen noch längeren schwarzen Seidenschal kunstvoll um Hals und Schulter drapiert. Kam man mit ihm ins Gespräch, dann vermittelte er bereits nach wenigen Sekunden einem jeden von uns das wundersame Gefühl, dass er ein vom Himmel gefallener Freund sei, ein Mensch, der zuhören kann und der alles versteht. Ja, das ging so weit, dass man während eines Gesprächs mit ihm fast schon zwanghaft daran glauben musste und davon auch überzeugt war, man sei tatsächlich sein Freund, vielleicht sogar sein einziger Freund, dem nun wiederum er sich rückhaltlos mit all seinen Problemen und mit jeder für ihn wichtigen Frage anvertrauen könne. Dann stellte sich für einen Augenblick eine unglaubliche emotionale Nähe und Vertrautheit ein, wie man sie nur ganz selten im plötzlichen Zusammentreffen mit anderen Menschen erleben kann. Seine charismatische Ausstrahlung war einfach überwältigend. Es schmälert das Persönlichkeitsbild dieses außergewöhnlichen Mannes keineswegs, wenn ich Ihnen sage, dass mein Freund ein in sich verliebter Narziss war, er flirtete außerdem mit jedem Menschen, besonders heftig also auch mit sich selbst und ständig mit der ganzen Welt. Er war sich seiner Wirkung auf andere Menschen bewusst, er gehörte einer aussterbenden Zunft an, einer heiligen Zunft, die es verstand, mit ihrer hypnotischen Kunst des klaren Denkens und des intensiven Sprechens jeden Menschen vorübergehend in ein willenloses Spielzeug zu verwandeln. Man fühlte sich nicht immer ganz wohl dabei, sah man sich doch von ihm durchschaut, von ihm hinein gedrängt in die Rolle des unglücklichen Kaninchens, das wie hypnotisiert vor der Schlange sitzt und begierig darauf wartet, von dieser entweder verschont oder doch noch aus Liebe gefressen zu werden. So war es nicht verwunderlich, dass sich vor allem Frauen von ihm angezogen fühlten, dass eine jede von ihnen unbeirrbar davon überzeugt war, dass seine stete Aufmerksamkeit, die er allen Frauen entgegen brachte, dass seine feinen Manieren, dass die Zärtlichkeit in seinen Worten, der feurige und bisweilen auch ein wenig ironische Blick aus seinen hellblauen, immer lächelnden Augen ganz allein ihr und nur ihr gelten. Ich traf einen solchen Menschen nie zuvor, wahrlich ein Phänomen."

Na ja, wenn vielleicht alles auch ein wenig übertrieben war, doch einfühlsamer, so dachte er, hatte ihn bisher noch kein Mensch mit Worten so klar porträtiert, auf jeden Fall nicht zu Lebzeiten.

Er gestand seinem Freund eine gehörige Portion Sprachkultur und auch eine Prise Weisheit und Menschenkenntnis zu.

Entdecken zu dürfen, das man einen Freund hatte, dieses Wissen machte ihn glücklich. Doch zugleich spürte er wieder diese seltsame Unruhe in sich hinein strömen:

Wen aber meinte sein Freund da?

Ihn oder den Anderen, der da im schwarzen Sarg lag?

Er wollte fest daran glauben, dass nur er gemeint sein konnte, denn schließlich war Knut sein und nicht des Anderen Freund.

Ja, die so schön gesprochenen Worte seines Freundes vernahm er mit großem Vergnügen, seine Stärken und Tugenden wurden schließlich in den allerhöchsten Lobestönen gepriesen, was ihn aber auch etwas beschämte.

Warum, so fragte er sich, ja warum verschweigt der Freund, der es doch wissen müsste, meine immer wieder mal kurz auftauchenden Lebensängste? Warum nur erwähnte er seine vielen kleinen charakterlichen Schwächen und die seltsamen Neigungen nicht, die ihn bisweilen und ungewollt zu Handlungen und zu Verhaltensweisen verführten, durch die er anderen Menschen vielleicht immer wieder mal großes Herzeleid zugefügt hatte?

Ja, warum zeichnete sein Freund Knut mit so überaus trefflichen und schönen Worten ausschließlich ein so positives Persönlichkeitsbild von ihm?

Na ja, so dachte er, man soll Verstorbenen schließlich nichts Böses nachsagen, aber muss man nach dem Ableben eines Menschen immer nur dessen vermeintlich edle Seiten erwähnen, wenn doch jedermann weiß, dass es keinen einzigen Menschen auf Erden gab und jemals geben wird, der nur gute Seiten aufzuweisen hat?

Nun gut, Knut war, was ihn tröstete, weit davon entfernt, nachträglich wohlgemeinte und schön verpackte Lügen über ihn zu verbreiten. In seinem Falle wäre es zum Beispiel zwar keine Lüge, auf jeden Fall aber ein unverzeihliches Versäumnis gewesen, wenn Knut es verschwiegen hätte, dass er die Frauen auf eine besondere Weise verehrte, dass die Frauen ihn liebten und ihn zeit seines Lebens verwöhnten, und das in einem Ausmaß, wie es nicht jedem Mann in einem einzigen Leben zuteil wird. Warum das so war, das hatte er nie so recht herausfinden können.

Was sein Freund Knut über ihn zum Thema Frauen gesagt hatte, das zeigte ihm aber auch, dass der Freund zwar vieles, doch das Wesentliche über ihn nicht gewusst haben konnte. So hatte Knut offensichtlich nicht bemerkt, dass er, der von allen bewunderte und beneidete Charmeur eigentlich ein eher scheuer Mensch gewesen war, dass er immer wieder mal und dann stets völlig unerwartet von heftigen Minderwertigkeitskomplexen geplagt wurde, wenn er einer Frau begegnet war, in die er sich Hals über Kopf verliebt hatte und dann nicht so recht wusste, wie er, der Sprachgewandte mit dieser Frau ein einfaches Gespräch beginnen sollte.

Ja, welch unglaubliches Nebeneinander von ungewöhnlichen Begabungen und von extremen Per-
sönlichkeitsfacetten zwischen Erhabenheit und
Banalität im Charakter und in der Gestalt eines
einzigen Menschen.

Immer wieder einmal fragte er sich ernsthaft, ob
nicht vielleicht seine Schüchternheit (und der
Versuch diese zu überwinden) der eigentliche
Grund dafür gewesen sein konnte, warum so viele
Frauen immer wieder seine Nähe suchten, zunächst mit ihm über ihre große Einsamkeit an der
Seite ungeliebter Ehemänner sprachen, ihm dann
mütterliche Fürsorge und absolutes Vertrauen entgegen brachten, um ihm dann ihre Liebe und
schließlich auch ihren in die Jahre gekommenen
Leib schenken zu wollen und er dann nicht mehr
den Mut aufbrachte, sich diesen Zuwendungen
und Verführungen zu verweigern.

Hätte er diese ihm ständig dar gebotenen „Ge-
schenke" abgelehnt, dann wäre das in seinen Augen letztlich eine Demütigung jeder einzelnen und
eine grobe Ehrverletzung aller Frauen gewesen.

Seine gute Erziehung, seine Bewunderung und seine Verehrung, die er bereits in früher Jugend allen
Frauen entgegen brachte, hatten ihn stets davor
bewahrt, einen solchen Faux pas jemals zu bege-
hen.

Warum aber Kollegen und auch einige Freunde in
ihm unbedingt einen wahllos Frauen allen Alters
vernaschenden Don Juan sehen wollten, das zu

verstehen fiel ihm schwer, er wies diesen Verdacht und diese Einschätzung seines Charakters stets als Absurdität heftig zurück.

Ja, wenn er jedoch so genau zurückblickte auf sein bisheriges Leben und auf seine intensiven Beziehungen zum „schönen Geschlecht", dann waren es in den meisten Fällen die Frauen selbst, die ihn „erobert" hatten und nicht er sie, nein, er taumelte und torkelte eigentlich meistens (ohne allerdings dabei ernsthaft Widerstand zu leisten) eher in fast alle seine Liebesaffären hinein, als dass er sie zielbewusst gesucht und gewollt hätte.

Das hatte sein Freund Knut wohl einfach nicht bemerkt.

Wer aber kennt denn schon wen?

„*Aber*", so fuhr sein Freund in seiner kleinen Ansprache fort, „*wir alle wissen auch: Er kam als Fremder in dieses Städtchen, blieb hier ein Fremder und verließ uns auch als Fremder, von dem die meisten der hier Versammelten noch immer nichts wissen, außer, dass er ein berühmter Zeitgenosse gewesen sein soll, als Künstler von seinen Jüngern verehrt wurde und immer noch verehrt wird wie ein überirdischer Gott in Menschengestalt. Nun hat ihn ein anderer Gott überraschend zu sich geholt. Fremd ist er eingezogen, fremd zieht er wieder aus. Er möge glücklich werden in jener Welt, in die er nun Einzug gehalten hat.*"

Er hatte, trotz einiger Vorbehalte, die emotionalen Worte seines Freundes als eine überaus zärtliche

Liebkosung empfunden und tief bewegt in sich aufgenommen.

In diesem Augenblick wurde ihm wieder einmal bewusst, dass das schönste Geschenk und das höchste Glück im Leben eines Menschen das Finden eines Freundes ist. Er hatte es weder geahnt noch jemals für möglich gehalten, ausgerechnet in Knut einem solchen Freund zu begegnen. Musste er erst sterben, um zu dieser Erkenntnis auf dem Friedhof von Timmendorf zu gelangen?

Warum, so ging es ihm etwas wirr durch den Kopf, stellen wir Menschen uns immer wieder dieselben Fragen, wenn es um Leben und Tod, um Liebe und Leid, um das Gute und das Böse, um Lüge und Wahrheit, um Gott oder um den Teufel in der Welt geht?

Tun wir das, so fragte er sich, weil wir spüren, dass wir wirklich nichts wissen und daher hoffen, auf die ewig selben Fragen in allen Generationen endlich einmal nur eine, die einzig richtige Antwort auf alle uns quälenden Fragen zu erhalten - wer aber sollte uns denn diese einzig gültige Antwort geben, könnte es doch Gott sein oder muss diese Antwort ganz allein aus uns selbst heraus kommen?

Er wusste, dass er sich mit so heiklen Fragen dieser Art in eine philosophische Sackgasse begeben hatte, beschloss daher, die Suche nach der „richtigen Antwort" erst einmal nach der Formel aus sich zu verdrängen: „Kommt Zeit, kommt Rat".

Ob das genügte im Clinch zwischen ihm und dem Anderen?

Die Behauptung seines Freundes, dass ihn nun ein anderer Gott zu sich geholt habe, die missfiel ihm, war er doch, was Knut wissen musste, ein „bekennender Atheist", der davon überzeugt war, dass es neben dem Wort LIEBE kein Wort mehr in der leidvollen Geschichte der Menschheit gibt, das noch häufiger missbraucht worden ist als das Wort GOTT. Und eines solchen Sakrilegs wollte er, der Atheist, sich nicht schuldig machen.

Was für Schmerzen, so ging es ihm wieder einmal heftig durch den Kopf, ja, welch großes Leid, welche Grausamkeiten in so vielen Kriegen, wie viele Zerstörungen und welch Terror sind im Namen verschiedener Götter und Religionen allein in den letzten 300 Jahren über die Menschen gekommen? Es konnte und durfte doch kein Trost sein zu wissen, dass es so schon immer gewesen war. Und wie sollte Hoffnung in ihm aufkeimen, wenn er doch wusste, dass es genau so weiter gehen würde und er ohnmächtig zuschauen musste, wie die apokalyptischen Reiter mit Mord und Terror in der Welt von heute wüteten, zu jeder Stunde und mit jedem Tag dabei grausamer vorgingen.

Darf ein Gott das zulassen?

Er war glücklich und fast ein wenig stolz darauf, dass er nie auf den Gedanken gekommen und glücklicherweise auch niemals in die Situation geraten war, während seines Erdenlebens aus Angst vor Krankheiten und aus noch größerer Angst vor dem Tod sicherheitshalber doch nach einem Priester oder sogar nach Gott selbst gerufen zu haben. Nein, er wollte sich nicht einreihen in die Gilde der Heuchler. Auch ein Atheist wie er hatte (s)einen unerschütterlichen Glauben, von dem ihn keine der großen fünf Weltregionen abbringen konnten: der Glaube daran, dass es eines fernen Tages vielleicht doch noch eine bessere Welt geben würde. Und um diese bessere Welt zu erschaffen, dazu bedurfte es seiner Meinung nach keines von Menschen erdachten Gottes.

Nein, es bedurfte allein das Erscheinen eines vielleicht überirdischen Wesens, das nach mehrfachen Transformationen über viele Generationen ein Mensch geworden war. Und dieser Mensch, so glaubte er, steckte sowohl in ihm als auch in allen Menschen auf der Erde.

„Wann aber", so fragte er sich, „ja, wann tritt dieser Mensch aus uns heraus, um endlich zu handeln und eine menschenwürdigere Welt zu erschaffen?"

Er wusste sehr wohl, dass es sich hier um einen naiven Traum, um eine Utopie handelte, für deren reale Umsetzung es bislang keinerlei Voraussetzungen gab. Aber beruhte letztlich nicht jede Art von Utopie immer nur auf dem „Prinzip Hoffnung" und auf Naivität im Denken des Menschen? Als er vor vielen Jahren Hermann Hesses „Siddhartha" gelesen hatte, da wurde er plötzlich neugierig auf etwas, das er in der Geschichte, in der Religion und in der abendländischen Philosophie bisher nicht in so großer Klarheit hatte entdecken können: Es war die Hoffnung auf das Finden der Freiheit und der Reinheit des Denkens und des selbstbestimmten Handelns als Individualist, es war auch die große Sehnsucht nach der Loslösung von jeder Form des Materialismus. In eben diesem seelenlosen Materialismus sah und sieht er noch immer die Quelle allen Übels in der Welt.

Und was ihn an dieser fernöstlichen Philosophie in besonderem faszinierte, das war der totale Verzicht auf alle Gewalt. Das war für ihn der Schlüssel, mit dem der Mensch das Tor zu sich selbst und zum Welt-Paradies vielleicht eines Tages zu öffnen vermag. Aber auch das war Utopie ...

Und dennoch befasste er sich intensiv mit dem Buddhismus und fand sich dann, beeinflusst und beschleunigt durch die persönliche Begegnung mit einigen in den sechziger und siebziger Jahren in Deutschland aufgetauchten „Gurus", sogar darin bestätigt, dass er allein in dieser in sich gekehrten Philosophie sein Seelenheil, seine geistige und vielleicht sogar auch eine religiöse Heimat finden könnte, nach der er zuvor viele Jahre lang vergebens gesucht hatte – und deshalb Atheist geworden war.

In dieser von diesen „Gurus" gepredigten fremden Philosophie und den so überzeugend praktizierten

Meditations-Techniken glaubte er dann auch einige zu ihm passende rituelle Übungen entdeckt zu haben, mit deren Hilfe er erstmals in seinem Leben seinem wahren ICH ein wenig näher gekommen war. Er wollte es jedenfalls glauben.

Kurz tauchte während dieser ihn so beunruhigenden Lebensphase auch einmal der Gedanke auf, in Deutschland alles aufzugeben, sich von allen ihm vertrauten weltlichen Glücks-und Daseins-Formen zu verabschieden und ins indische Puna zu reisen, um dort als Schüler in der Nähe des überirdischen, besonders von Europäern vergötterten Bhagwan („Osho") ein „höheres Bewusstsein" zu erlangen. Die Sehnsucht danach brannte heiß auch in ihm.

Ja, er hätte es getan, wenn er da nicht persönlich (und das gleich mehrere Male) aus allernächster Nähe beobachten musste, wie ein in einem vornehmen Hamburger Stadtteil königlich residierender „Ober-Guru" von seinen ihn anbetenden „Jüngern" im schamlosen Stile einstiger römischer Päpste und absolutistischen Herrschern untergegangener Epochen kompromisslos verlangte, dass sie ihm rückhaltlos zu dienen und ihren gesamten irdischen Besitz ihm zu überschreiben hätten, erst danach („Prüfung" genannt) stünde ihnen das Tor zur ewigen Glückseligkeit und die Tür zur geistigen Reinheit weit offen: „Wenn du weise und reich werden willst, dann lerne es, auf alles zu verzichten, wirf den weltlichen Ballast ab, dann erst wirst du endlich die große geistige Freiheit und ein neues Bewusstsein erlangen".

Das klang so schön, zu schön, um auch wahr sein zu können. Und er hörte noch viele falsche Töne. Da fiel es ihm wie Schuppen von den Augen, er wollte es nicht wahrhaben: Da kamen „Heilige Männer" aus Indien und aus anderen Regionen in Fernost nach Europa, um die im dekadenten Westen lebenden Menschen vor dem kulturellen, vor dem geistigen und moralischen Bankrott zu retten und vor spiritueller Verwahrlosung zu bewahren.

Oh, Heiliger Bhagwan, das hörte sich im ersten Moment wundervoll an, das war Sphärenmusik auch in seinen Ohren, zumal die westliche Welt und auch das Abendland in seiner Wahrnehmung damals tatsächlich in Agonie zu liegen schienen und sich immer noch in diesem sich selbst zerstörenden Zustand befanden. Da kündigten sich am Horizont des Abendlandes Hoffnung auf Selbstfindung, auf Freiheit des Denkens und des Handelns, auf ein neues Bewusstsein an, das zum Fundament eines neuen Humanismus werden konnte.

Ja, er wusste noch genau, was er damals dachte und empfand: „Ihr weisen Männer aus Fernost, ihr kamt als Hoffnungsträger und als ‚Erlöser' zu uns nach Deutschland: Aber der von euch gepredigte Geist und die von euch verkündeten höheren Wahrheiten, die doch durch euch und eure Lehren Klarheit und Gesundung in die kranken Seelen und etwas Licht in das dunkle Denken eurer nach Weisheit suchenden Jünger bringen sollte, all das erwies sich recht bald, so empfand er es jedenfalls, als ein gewaltiger metaphysischer Bluff, als eine raffiniert vermarktete und kunstvoll zelebrierte philosophische Lüge, die nicht auf Erlösung durch ein neues, höheres Bewusstsein ausgerichtet war, sondern auf den Erwerb weltlichen Reichtums und auf die Erlangung von physischer und psychischer Macht über jene, die euch Heilsbringern blind vertrauten und in Scharen zu Euch kamen".

Er wunderte sich auch heute noch ein wenig darüber, wie das alles zusammen kam und funktionierte, aber er glaubte mittlerweile zu wissen: Die Verführung gelang, weil die Heilsversprechen und die Erlösungsgedanken der verehrten „Meister" einfach zu schön klangen in den Ohren jener Menschen in den wohlhabenden Industriestaaten, die in ein gewaltiges mentales Loch gefallen waren und sich in allergrößter seelischer Verzweiflung auf die Suche nach neuen Lebensmodellen und nach dem Sinn ihres Lebens begeben hatten: Und was der Mensch schön und als Rettung oder Heilung empfindet, das kann und wird er nicht im selben Augenblick als Irrtum abtun.

Er hatte das „Pech", persönlich an zwei oder drei dieser falschen „Heiligen Männer" geraten zu sein. Welch gewaltiger Schock für ihn, welche Ernüchterung. Nein, was er da erlebte, das konnte die große Freiheit des Geistes und das Erlangen eines neuen Bewusstseins wahrlich nicht sein. Aber er wusste auch, dass seine negativen Erfahrungen mit „falschen Meistern" die Existenz der „echten Meister" aus Fernost und deren Lehren nicht in Frage stellten, was er auch nicht wollte. Wie auch immer.

Er ging nicht nach Indien.

In diesen Jahren hatte er sich (zwangsläufig) auch immer wieder mal die Frage gestellt, warum jede Religion (bis heute) davon ausgeht, dass einzig sie im Besitz des rechten Glaubens sei, dass nur sie dem echten und wahren Gott diene und daher auch nur sie genau wisse, was die Wahrheit ist.

Wenn aber Gott, so hatte er damals überlegt, ja, wenn Gott die Wahrheit ist und die Wahrheit Gott, dann dürfte es doch eigentlich nur einen einzigen Gott und nur eine einzige Wahrheit für alle Menschen und für ihre Religionen auf Erden geben, denn Gott und die Wahrheit sind doch eine zusammen gehörende geistige Größe und daher nicht teilbar. Es fiel ihm auch heute noch schwer zu verstehen, dass die meisten Gläubigen auf der Erde das noch immer nicht begriffen hatten. Also blieb die Klärung der Frage, wer denn dem wahren Gott diene, auch weiterhin der allergrößte Streitpunkt im Zusammenleben der Völker. Wie sollte auf einem solchen explosiven Humus denn so etwas wie Weltfrieden gedeihen?

Er hatte auf jeden Fall beschlossen, sich selbst eine Antwort auf diese Frage zumindest vorübergehend nicht mehr geben zu wollen, weil es eine Antwort auf eben diese Frage nicht geben konnte. Im Augenblick jedenfalls.

Als er dann auch noch bemerkte, er hatte mittlerweile das 30. Lebensjahr erreicht und kritischer zu denken begonnen, dass alles so kompliziert und so verlogen war in der Auseinandersetzung mit der Wahrheit, mit den Menschen und mit Gott, da wurde er nun endgültig ein Atheist, sah er doch weit und breit keine Möglichkeit mehr, sich jemals wieder auf die Suche nach einer angeblich von Gott verkündigten Wahrheit zu begeben.

Aber woraus, so fragte er sich jetzt plötzlich, ja, woraus oder worin bestand denn eigentlich seine persönliche Wahrheit, als er in Timmendorf im Champagnerrausch diese Welt so völlig unerwartet verließ, hatte er diese überhaupt und jemals ernsthaft gesucht und auch finden wollen?

Er war sich da nicht mehr ganz so sicher.

Ja, Timmendorf, dieses idyllisch gelegene Städtchen an der Ostsee, das ihm vor vielen Jahren schon einmal eine Ersatz-Heimat geworden war, es musste der Zufluchtsort sein, nach dem er sich in seiner Not gesehnt hatte.

Es berührte ihn schon ein wenig seltsam, ja, es machte ihn sogar traurig, dass niemand aus seinem ehemaligen und aus seinem engsten Umfeld etwas von dieser Not in ihm bemerkt hatte. Er schloss daraus, dass es das Schicksal eines jeden Menschen ist, wohl ewig allein und einsam zu sein. Kein noch so guter und inniger Freundeskreis, keine Verliebtheit, kein kleines und auch kein großes Glück, kein beruflicher Erfolg, keine Anhäufung von materiellen Gütern und auch keine Karriere an den Hebeln politischer und wirtschaftlicher Macht, keine geöffneten Türen zu den Salons der Reichen und der Schönen und all das, wonach der Mensch sich immer sehnen wird, nichts von all dem kann und wird ihn davor bewahren, dennoch eines Tages auf unerträgliche Weise allein und einsam zu sein. Spätestens in der Stunde des Sterbens wird er das erfahren.

Und wie war es bei ihm?

Er war doch nicht allein, als er im Timmendorfer Maritimhotel die Pistole an seine Schläfe setzte.

Ja, Timmendorf, der herrliche Strand, der feine, so weiße Sand, die aufgetürmten Dünen, die kleinen archaischen Klippen, die ins Meer hinaus errichteten Holzbrücken, das große Wunder eines jeden Sonnenaufgangs am Morgen und der Blick auf den im Unendlichen, sich in Dunkelheit verdünnenden Horizont am Abend, ein Traum. All das erinnerte ihn an seine alte Heimat, die er im Alter von sechzehn Jahren verlassen musste.

Zum großen Entsetzen seiner Freunde hatte er sich vor zwei Jahren in dieses Ostseeparadies zurückgezogen.

Er war nicht sonderlich überrascht, wie konsequent, wie heiter und gelassen, wie freudig er dieses neue Kapitel seines Lebens in Angriff nehmen wollte, wusste er doch plötzlich um das Motiv: Es war die ihn bereits seit längerer Zeit quälende Sehnsucht nach Ruhe, nach Abschied von einer nicht mehr zu ihm gehörenden, einer viel zu lauten Welt, von der er sich emotional bereits vor vielen Jahren verabschiedet hatte. Und keiner hatte es bemerkt, was seine These von der ewigen Einsamkeit eines jeden Menschen gleich mehrfach bestätigte.

Ja, sein Schritt in das Unbekannte, es war der Abschied auch von einem sinnentleerten Leben, das er so nicht länger mehr leben wollte. Es war der vielleicht schon naive Traum von einem neuen, einfachen Dasein unter einfachen Menschen an einem anderen Ort, zu neuen und selbst aufgestellten Regeln, die ihn nicht länger strangulieren würden wie bisher.

Diese Gedanken und Empfindungen im Vorfeld waren der eigentliche Auslöser für seine dann doch überstürzte Flucht aus der großen Stadt. Natürlich hatte er mitbekommen, dass sich auch Timmendorf mittlerweile längst zu einem mondänen Kur- und Badeort entwickelt hatte, doch in ihm war noch immer das zauberhafte Bildnis eines kleinen Fischer- und Badeortes gespeichert, in dem er nach dem Verlust seiner alten eine neue Heimat entdeckt hatte. Alte Liebe rostet nicht.

Ja, Timmendorf und sein Strand.

Und siehe da, das Wunder geschah: Seine von Tag zu Tag häufiger sich bemerkbar machende Sehnsucht nach äußerer Stille und nach innerer Ruhe fand auf wundersame Weise Erfüllung, zumindest in den ersten Monaten, in denen er (im Vergleich zu seinem früheren Leben) so selbstbestimmt und so asketisch lebte, fast schon wie ein Mönch: Verzicht auf alles, was er selbst einmal für lebensnotwendig gehalten hatte und was man in der heutigen Welt immer noch für so überaus wichtig und erstrebenswert hielt.

Eine unauffällige Zweizimmerwohnung war eine ausgezeichnete Tarnung, das rechte Asyl für ihn, nur wenige Schritte entfernt vom Meer zwischen Timmendorfer Strand und vom Niendorfer Hafen, keine wilden Partys wie bisher, kein Alkohol, keine Frauen, keine unnötigen Lebenslügen und keine faden Selbsttäuschungen mehr, nur ganz flüchtige, dennoch herzliche Kontakte zu den Einheimischen, dafür aber täglich ausgedehnte Spaziergänge sehr früh morgens und oft spät abends, barfuß am Strand. Er genoss diese Spaziergänge in selbst gewählter Einsamkeit und war glücklich bei dem Gedanken, den tieferen Sinn seines Erdendaseins vielleicht doch noch entdecken und anders, klarer als bisher definieren und in sein neues Leben einbringen zu können. Er hatte begriffen, dass er sich das schuldig ist und dass es höchste, sogar allerhöchste Zeit zum Handeln war. Alles in ihm und um ihn herum drängte nach Veränderung. Plötzlich (nach eindreiviertel Jahren) hatte ihn sein altes Leben jedoch wieder eingeholt, zwar nicht gänzlich, doch immer noch heftig genug, um sich eingestehen zu müssen, dass er mit seinem Ausbruchsversuch gescheitert war.

War alles umsonst gewesen?

Er scheiterte ebenso bei dem Versuch, eine auch nur halbwegs plausible Erklärung für sein plötzliches Scheitern zu finden. Dafür schämte er sich. Natürlich war ihm bewusst geworden, dass er sich gegen die neue Verführung in Gestalt einer ungewöhnlichen Frau erst gewehrt hatte, als es bereits zu spät war. Er hatte ihr plötzliches Auftauchen zunächst nicht einmal bemerkt. Sie war eines Tages einfach da, erst in manchen Stunden und wie ganz zufällig, dann Tag für Tag, schließlich Nacht für Nacht, gerade so, als gehöre sie zu ihm wie sein Schatten, wie sein zweites ICH.

Und sich von seinem eigenen Schatten, von seinem zerrissenen ICH und von der Sehnsucht nach emotionaler Geborgenheit abzuwenden, dazu fehlte ihm der Mut. Er hatte diese Begegnung nicht gewollt, nein, nein, sie kam wie ein Naturereignis über ihn. Er konnte nicht ahnen, dass ihm diese Frau zum Verhängnis werden musste. Wie doch im Leben immer wieder irrational alles völlig anders verläuft als mit Vernunft zuvor geplant.

Was ihn in dieser Situation des nicht gewollten Aufgebens zunächst sehr betrübte (erste Anzeichen einer Depression waren ihm nicht verborgen geblieben), das ließ seinen großen, illustren Freundeskreis zwischen Berlin, Hamburg und München lauthals jubeln. Man wollte ihm, so empfand er es, wohl noch nachträglich beweisen, dass es gewiss ein Irrtum, dass es nur eine Kurzschlusshandlung gewesen sein konnte oder dass er nicht ganz „bei Verstand" gewesen sein musste, als er den in ihren Augen absonderlichen Entschluss gefasst hatte, sich in ein anonymes und einfaches Leben an der Ostsee zurückziehen zu wollen.

Wie immer er es nun auch drehen mochte: Er lief nicht als strahlender Sieger (wie erhofft) über die von ihm angepeilte Ziellinie in seiner Lebensplanung.

Nein, wieder einmal spielte ihm, wie bereits einige Male zuvor, das Schicksal einen Streich. Im Gegensatz zu den vielen anderen Malen ließ sich jetzt jedoch nichts mehr korrigieren, ein letztes Mal hat er die verbotene Grenze seines Lebens unerlaubt überschritten, das rächte sich nun: Tod bleibt Tod, Irrtum bleibt Irrtum, eine Rückkehr in das leichtfertig fort geworfene Leben auf Erden gab es nicht mehr.

Vor vier Tagen war er plötzlich gestorben, aus dem Leben gefallen in einer heißen, schwülen Julinacht. Es geschah in einer jener sagenhaften Nächte, wie man sie nicht oft an der Ostsee zwischen Timmendorf und Fehmarn erleben kann und die sich, wenn sie denn einmal kommen, besonders fest und eindrucksvoll in den Erinnerungen als ein großes Wunder verankern.

Der Zeitpunkt war allerdings denkbar ungünstig für ihn, denn nie zuvor hatte er das Leben mehr geliebt als in jenem Augenblick, in dem er seinen Tod herausgefordert hatte, aber vielleicht noch hätte verhindern können. Was für ein unerwartetes Finale.

Aber er hatte natürlich keine Chance, Einspruch gegen das vom Schicksal gegen ihn verhängte Todesurteil einzulegen. Er hatte sich das Datum der Vollstreckung allerdings nicht selbst ausgesucht, das Datum hatte vielmehr ihn ausgespäht.

So wie das Schicksal ihm gegenüber stets gnädig gewesen war, so gab es ihm nun auch zum Finale seines Erdenlebens die Chance, selbst Hand an sich zu legen und nicht an den Folgen eines banalen Verkehrsunfalls sein Leben aushauchen zu müssen.

Todesursache?

„Plötzlicher Tod bei Liebesspielen, Verdacht auf geplanten Suizid". So stand es im amtlichen Totenschein.

Als er diesen Satz gelesen hatte, da musste er zunächst etwas lächeln über die so nüchterne, konkrete und zugleich auch ungewöhnliche Beschreibung seines Ablebens durch den Amtsarzt.

Dann jedoch erschrak er heftig, entdeckte er doch plötzlich eine geradezu unheimliche Parallelität zwischen seinem jetzigen Tod und einem merkwürdigen Ereignis vor vielen Jahren, das möglicherweise bereits die Ouvertüre zu dem dramatischen Geschehen vor vier Tagen gewesen sein konnte.

An die Minute seines nicht geplanten Todes erinnerte er sich so klar und so präzise wie auch an die Sekunde seiner ersten Geburt, beides geschah zugleich, die Bilder überschnitten sich in rasender Abfolge. Er erinnerte sich an jedes Detail und fühlte noch immer, wie die Zeit nun immer rascher aus ihm zu entweichen versuchte, gerade so, als wollte sie ihm damit gewaltsam alle Erinnerungen an sein irdisches Leben brutal entreißen.

Die aus ihm fliehende Zeit verlor sich in Ewigkeiten, er spürte die unsagbaren Wonnen des auf Endlichkeit programmierten Augenblicks jedoch immer noch, die seinen Leib während seines Sterbens durchrieselten wie ein heißer Lavastrom, der nicht erkalten wollte.

Was ist der Tod eigentlich?

Er hatte sich seinen Tod beim heißen Liebesspiel im pubertären Jünglingsalter und auch später im halbwegs gereiften Mannesalter hin und wieder gewünscht, ein solcher Tod schien ihm in seinem damaligen Erkenntnisstand der allerschönste Abgang aus dieser Welt und auch die einzige ehrliche und klare Antwort auf die an sich gestellte Frage zu sein: „Warum lebe ich eigentlich, worin liegt der Sinn eines Menschenlebens, warum war ich überhaupt da, und wenn ich da war (wozu ich nichts beitragen konnte), habe ich dann nicht wenigstens das Recht, selbst zu entscheiden, ob und wann ich diese Welt wieder verlassen möchte, wer wollte mir das verweigern?" Zugleich aber hatte er eine panische Angst vor einem solchen plötzlichen Abgang.

Diese Angst steigerte sich in ihm fast bis zur Hysterie. Und das hatte seinen Grund: Als er eines Tages im Morgengrauen im schönen Köln nach einer gelungenen Schauspiel-Premiere (da führte er Regie und spielte zum letzten Mal den „Hamlet") mit anschließendem Champagnergelage glücklich, trunken, total erschöpft im Schoß einer feurigen Griechin lag und er ihr, fast schon schlafend, anvertraute, dass er gerade für einen Augenblick geglaubt habe, gestorben zu sein, da flüsterte seine Gespielin ihm leise und besonders zärtlich ins Ohr, dass vor einem halben Jahr tatsächlich ein Mann beim Liebesspiel in ihren Armen gestorben sei, hier im selben Bett, im selben Raum, ein Mann seines Alters, mal gerade sechsunddreißig Jahre alt, so alt wie er.

Ein Keulenschlag, ein Albtraum. Plötzlich nüchtern und hellwach, da spürte er, wie alle Fleischeslust und Liebeswahn in Windeseile aus ihm entwichen waren. Hastig zog er sich an, ergriff die Flucht und konnte sich erst wieder beruhigen, als er in seinem Hotelzimmer angekommen und nach Einnahme zweier starker Schlaftabletten fest eingeschlafen war, von keinem Albtraum mehr geplagt.

Er wagte es nicht, sich ein weiteres Mal in die für ihn stets geöffneten Arme und in den todbringenden Schoß der feurigen Griechin zu begeben.

Seit diesem Erlebnis fürchtete er sich vor dem Augenblick eines plötzlichen Davongehens auf diese Art, die Angst davor war mittlerweile weitaus größer als seine einstige Sehnsucht danach, den ultimativen Liebestod unbedingt erleben zu wollen.

Als es dann aber doch geschehen war, da war er plötzlich ein anderer Mensch, ein anderes Wesen. In Bruchteilen von Sekunden, so fühlte er es jedenfalls (oder waren es hunderte, gar tausende von Jahren?), hatte sich in ihm eine radikale Bewusstseinsveränderung vollzogen, über die er nur noch staunen konnte, er hatte eine solche Transformation nicht für möglich gehalten. Er atmete auf, nun war er endlich frei, hatte er doch jetzt alle Angst vor dem Leben und vor dem Tod verloren. Er war keiner dieser beiden so extremen Seinsformen mehr ausgeliefert.

Er hatte zudem nicht gewusst, dass diese Ängste in einem solchen Ausmaß überhaupt in ihm vorhanden gewesen waren.

Und eines war ihm auch klar: Zu Lebzeiten und ganz allein aus sich selbst heraus hätte er diesen Veränderungsprozess nicht beginnen wollen, geschweige denn vollenden können. Über das wahre Ausmaß dieser nun erfolgreich abgeschlossenen Transformation war er sich zwar noch nicht vollständig im Klaren, er spürte jedoch, dass er einen wichtigen Schritt auf dem Weg zur Ablösung von seinem bisherigen Leben und einen noch gewichtigeren Schritt auf dem rechten Weg zu einer neuen Seinsform getan hatte. Und so ganz nebenbei hatte er sich selbst auch noch beweisen können, dass es ihn tatsächlich einmal gegeben hat.

Bevor er sich weiter und intensiver mit diesem Gedanken befassen würde, musste er in diesem Moment aber erst einmal regungslos zuschauen und ertragen, wie einige sehr vertraute, aber auch viele unbekannte Herren kleine Lorbeerzweige und wie zitternde Frauenhände rote und weiße Rosen, bunte Wiesenblumen und diskret einige Tränen auf den schwarzen Sarg fallen ließen, was er mit Freude und Wohlgefallen staunend beobachtete. Es sind jene kleinen, oftmals so bizarren Wahrnehmungen, die dem Leben Würze und Essenz verleihen, selbst noch nach dem Tod und darüber hinaus.

Und so sah er sich auch in der Pflicht, jedes Mal höflich zu lächeln, wenn er die kalten Hände dieser Menschen drücken musste. Dieses scheinbar so leicht aus ihm heraus strömende Lächeln strahlte aber nicht aus seinem Herzen, es war das gequälte Lächeln, das aus einem großen Schmerz kam, den er nicht zu benennen vermochte. War es vielleicht das Wissen darum, dass noch viele Abschiede und viele Tode auf ihn zukommen würden, irgendwann einmal in den nächsten und übernächsten Kapiteln seines nunmehr unvollendeten Lebensbuches?

Er war zutiefst unglücklich über den von ihm nicht gewollten, aber selbst verschuldeten Abbruch seiner Biographie, vermochte jedoch nichts mehr daran zu ändern, war er es doch selbst, der die kleine versilberte Pistole an seine Schläfe gehalten und dann nach kurzem Zögern abgedrückt hatte.

Und er fragte sich abermals, welche Rolle er überhaupt spielen durfte in diesem Lebensroman, der von ihm nicht zu Ende geschrieben, vielleicht sogar niemals wirklich begonnen worden war, hörte er sich doch bisweilen immer wieder mal sagen: „Wenn ich dereinst zur Ruhe gekommen bin, dann werde ich mein Leben aufschreiben."

Aber genau das hatte er (sah man mal von wenigen, flüchtig in den Computer hinein getippten Zeilen in einem so genannten Tagebuch ab) zu Lebzeiten nicht getan. Hatte er jetzt noch die Chance zu tun, was er zuvor immer hatte tun wollen? Er nahm sich fest vor, auf jeden Fall recht bald mit dem Aufschreiben seiner Erinnerungen zu beginnen, hatte er sein Leben doch hundertmal intensiver gestalten und ausleben können als die meisten männlichen Freunde in seinem Umfeld.

Also wäre „Stoff" doch vorhanden, Themen in Hülle und Fülle.

Nach der eindrucksvollen Feier in der Kapelle, die mit dem „Ave Maria" von Bach/Gounod endete (gesungen von einem Tenor-Freund aus dem Ensemble der Hamburger Staatsoper), waren sechs Männer verschiedenen Alters in mausgrauen Anzügen geflissentlich darauf bedacht, mit würdevollen Blicken und mit sorgsam gesetzten, offensichtlich mühsam einstudierten Schrittfolgen den mittlerweile geschlossenen Sarg an das für ihn vorgesehene dunkle Erdloch zu tragen.

Es war eine seltsame Prozession, ebenso erhaben wie lächerlich, so wie das Leben und der ihm nachfolgende Tod und all das, was dazwischen passiert, nun eben einmal auch sein können.

Als die grauen Männchen die Grabstelle erreicht hatten, wurde der Sarg von ihnen behutsam im Gleichtakt, ganz langsam in die Grube abgeseilt.

Als dieser Akt beendet war, nahmen die sechs grauen Männer ihre wie hanseatische Kapitänsmützen aussehenden Kopfbedeckungen kurz ab, verharrten mehrere Sekunden mit versteinerten Gesichtern und regungslos am Rande des Grabes, setzten ihre Mützen wieder auf, gingen dann drei kleine Schritte zurück, begaben sich abermals in würdevolle Habacht-Stellung und sahen nun eher aus wie sechs leblose, graue Männer in einem Wachsfigurenkabinett.

Das Defilee der Ehrerbietung und des Abschieds konnte beginnen. Auffallend viele Damen in teuren Roben und Herren in schwarzen Armanianzügen näherten sich dem Grab, ließen mal kleine, mal auch etwas größere Sträuße auf den Sarg fallen, murmelten etwas Unverständliches vor sich hin, drückten ihm fest die Hand und entfernten sich. Es fielen dabei ebenso schöne wie sinnentleerte Worte und es flossen viele Frauentränen. Nach zwei Stunden entfernte sich auch der letzte Trauergast. Nun war er mit sich allein, endlich.

Nicht ganz allein.

Noch immer standen zwei schwarz gekleidete Frauen so um die Vierzig mit versteinerten Gesichtern am Grabesrand und schienen, unabhängig von einander und allein wohl auch in ihrer Trauer, es nicht glauben zu wollen, dass der von ihnen geliebte und verehrte Liebhaber nicht mehr unter den Lebenden weilte.

Ihm gefiel dieser Gedanke und so beschloss er, es genau so auch zu sehen, eben wie eine Begräbnisszene in einem Film von Fellini oder von Antonioni. Schließlich jedoch entfernten sich auch diese zwei Schönheiten, von denen man hätte glauben können, es seien nun zwei frische Witwen, für die es nach dem Tod ihres Geliebten keinen Trost und kein Glück auf Erden mehr an der Seite ihrer ungeliebten Ehemänner geben würde.

Er schaute ihnen eine Weile versonnen nach und fragte sich, wer die beiden attraktiven Damen wohl gewesen sein mochten. Merkwürdig: er konnte sich jedenfalls nicht daran erinnern, ob überhaupt und welche Rolle sie in seinem Leben vielleicht einmal gespielt hatten, was er auf seine in den letzten Jahren immer wieder mal auftretende Vergesslichkeit zurückführte. Aber die Schönheit ihrer reifen Jahre, die er mit Freuden an ihnen entdeckt hatte, die hätte ihn gewiss dazu aufgefordert und verführen können, sich zumindest einer, vielleicht sogar beiden Damen auch in diesem Augenblick mit allergrößtem Interesse nähern zu wollen. Alter schützt vor Torheit nicht, selbst kurz nach dem Tod darf sich ein Mann dem Lockruf einer schönen Frau nicht verweigern.

Bei diesem Gedanken schlich sich eine kleine Wehmut in seine Seele, wusste er doch, dass alles für immer vorbei war, dass er nur noch davon träumen durfte, was zu Lebenszeiten für ihn stets so selbstverständlich gewesen war.

Er schloss für einen Augenblick die von der Nachmittagssonne geblendeten Augen. Als er sie wieder öffnete, da erblickte er außer den sechs grauen Männchen keinen einzigen Trauergast mehr auf dem Friedhof.

Nun stand er wirklich ganz allein vor dem noch geöffneten Grab. Er trat dann einen Schritt zurück und schaute gebannt zu, wie die sechs grauen Männer damit begannen, das Grab mit feuchtdunkler Erde zu füllen. Sie taten das, so kam es ihm vor, recht gefühllos und hektisch, gerade so, als wollten sie endlich Feierabend machen. Beim weiteren Zuschaufeln dröhnte es plötzlich so laut, als bewürfe man den Sarg mit Felsbrocken. Er hielt sich die Ohren zu. Sie warfen weiter, zeigten keinerlei Ehrerbietung mehr, kannten keine Gnade beim Zuschaufeln des gossen Erdloches, das nun sein Zuhause sein würde.

Einmal knackte es noch verdächtig und er fürchtete bereits, der Sargdeckel würde die auf ihn niederfallenden Sand und Steinmassen nicht tragen können und einbrechen. Aber der Deckel hielt, deutsche Wertarbeit. Das beruhigte ihn, er atmete tief durch. Dann war das Erdloch gefüllt, die vielen Blumen, Kränze und Gebinde kunstvoll über dem Grab verteilt. Die sechs grauen Männchen hatten sich ihren Feierabend redlich verdient. Danach trat Stille ein, nun war er endgültig allein, allein für immer, vom Leben befreit, gefangen im Käfig ewiger Dunkelheit mit Garantie auf Vergänglichkeit und ebenso mit der Garantie auf totale materielle Auflösung seines Körpers.

Seltsamerweise beunruhigte ihn dieser Umstand nicht, im Gegenteil, er war vollkommen gelassen, ja, sogar heiter, konnte es kaum erwarten, was er jetzt erleben, was fortan mit ihm geschehen würde, war doch die Ouvertüre so aufregend und viel versprechend gewesen.

Er ließ die Zeremonie noch einmal Revue passieren und die vielen Gesichter an sich vorbei ziehen und war immer noch erstaunt über die enorme Anzahl von Menschen, die gekommen waren, um ihm die letzte Ehre zu erweisen, obwohl er doch, wie sein Freund Knut in seiner Traueransprache ausdrücklich betont hatte, nur knapp zwei Jahre am Timmendorfer Strand gelebt hatte und dort stets ein Fremder gewesen war.

Wahrlich ein Mysterium.

Plötzlich schwirrte durch seinen Kopf abermals die ihn so sehr quälende Frage: Wem aber galt das alles, wen hatte man da wirklich zu Grabe getragen?

Tatsächlich ihn oder vielleicht doch den Anderen?

Er wartete die Antwort nicht ab, gestand sich ein, vielleicht sogar Angst vor der Antwort zu haben. Und außerdem: Er war ein Meister der Verdrängung, in dieser Kunst war er vollkommen. In seinem Leben zuvor hatte er mit dieser Taktik stets alle Probleme gelöst und ihm im Weg stehende Hindernisse leicht überwunden. Das Schicksal hatte ihn dafür niemals bestraft.

Er beschloss, das Trauerspiel zu beenden und rasch fortzugehen. Er wusste auch, wohin er gehen würde: Er sehnte und träumte sich zurück an die Stätten seiner großen Erfolge vor langer Zeit.

An den Münchner Kammerspielen wird er ein bereits vor langer Zeit geplantes zweitägiges Gastspiel geben: Am ersten Abend wird er ein letztes Mal Don Carlos sein, am zweiten Abend schlüpft er dann zum ersten Mal in die Rolle von König

Lear, am Hamburger Schauspielhaus wird er nochmals als Faust auftreten, am Wiener Burgtheater werden ihn seine Anhänger als Nathan bewundern dürfen und am Zürcher Schauspielhaus wird er wieder einmal Othello sein, die Paraderolle seiner letzten Jahre.

An all diesen ruhmreichen Musentempeln würde er mit der Reife seiner künstlerischen Erfahrungen in die Seele, in die Haut, in die Nerven, ins Herz und in die Körper seiner so geliebten Rollen schlüpfen und noch einmal ganz groß aufspielen vor gefüllten Sälen, dort würde er mit dem verführerischen Timbre, mit der Magie seiner schönen Baritonstimme das Publikum verrückt machen, er würde die Menschen zwingen, ihn zu empfangen wie einen Gott, ihn mit stürmischem Applaus zu überhäufen, ihm über alle Zeiten hinaus bedingungslose Liebe und ewige Treue zu schwören, ihm damit Unsterblichkeit verleihend.

Ja, er würde das letzte Quäntchen an Emotionen aus sich und das allerletzte Geheimnis aus Mephisto, aus König Lear und aus Othello heraus holen, bis es im Saal totenstill wäre und keiner mehr wusste, ob er lachen oder weinen dürfte, ob er noch lebte oder bereits gestorben war. Er war nun bereit, in seinem Spiel bis an die Grenzen des Wahnsinns vorzudringen, er würde keine Gnade mehr walten lassen, keine Rücksicht mehr nehmen auf sich und auf die Erwartungshaltungen und auf die Empfindsamkeiten seines ihn liebenden und verehrenden Publikums, er wollte, dass sie alle leiden und um Erlösung betteln, er wollte der Verführer und würde auch der herbeigesehnte Erlöser sein. Diesen Rausch wollte er noch einmal erleben und in sich spüren. Ach, wie Träume doch (so tönt es in ihm) schön sein und eine neue Welt jenseits der uns bekannten Welten errichten können.

Während er die alten Bilder und Erinnerungen herauf beschwor, da überkam ihn Wehmut, da durchströmte ihn aber auch noch einmal das unsagbare Glück, das einst wie Sphärenmusik in die kleinsten Nervenkammern seines Körpers und seines Bewusstseins einkehrt war, damals, als er noch jener war, den er dann einige Jahre später nicht mehr in sich zu erkennen vermochte.

Und dann kam, für ihn unerwartet, der Tag, an dem sich sein Lebenskreis schloss: „Sein oder Nichtsein", hauchte er pathetisch in ihr süßes kleines Ohr, schloss dabei mit Küssen ihren großlippigen, so wollüstigen Mund, der stets nach Liebe schrie, schaute in ihre aufleuchtenden blauen Augen, die ihm wie ein gewaltiger Bergsee im Hochsommer vorkamen, in dessen kühle Fluten er sich sogleich freudetrunken stürzen würde, um nicht wieder aufzutauchen. Groß würde die Lust sein, in den See zu springen, noch größer die Lust, dort zu verweilen, wo Nymphen den Eindringling ekstatisch umtänzelten, ihn mit süßer Stimme lockten und auf den Grund des tiefen Sees trieben, um sich seiner auf ewig zu bemächtigen.

Ja, auch sie war eine Nymphe, die schönste unter allen in der Geschichte seines Lebens und in den Werken großer Maler und bedeutender Bildhauer vorkommenden Sirenen. Sie wand sich wie eine Viper unter seinem Leib, er erschrak über das so heftig auflodernde Feuer in den Augen dieser rätselhaften Schlangenfrau, die ihn mit ihren weißen Armen so gewalttätig umfasste, als wollte sie ihn erst erwürgen und dann voller Gier verschlingen. Sie bohrte, begleitet von grellen Lustschreien ihre spitzen, messerscharfen Fingernägel brutal in seinen Rücken, er genoss mit Wonne den physischen Schmerz und wünschte sich, dass dieser Schmerz nie mehr vergehen möge, gab es doch keinen schöneren Beweis dafür, dass es ihn gab. Sie sprach in wildem Rausch zu ihm, nein, es glich mehr einem wollüstigen Stöhnen, in dem ihre Worte so süß erklangen, ohne jedoch ein Echo in ihm, ohne eine entschlüsselbare Botschaft für ihn zu hinterlassen.

Er hätte, das wurde ihm zu spät bewusst, trotzdem besser zuhören sollen und aufmerksamer hinschauen müssen, dann hätte das seltsame Spiel, das nun längst kein Spiel mehr war, gewiss einen völlig anderen Verlauf genommen.

Wie der goldene Schlüssel zum Tor des Paradieses in der Hand des Träumers, so lag plötzlich die kleine, mit Perlmutt an den Seiten verzierte silberne Mauser, sein heiliges Requisit, in ihrer rechten, so schön geformten, weißen Hand, mit der sie lachend wilde Linien auf einer imaginären Tafel in das Halbdunkel des Raumes zeichnete. Sie machte einen kleinen Schritt auf ihn zu und zielte mit der Mauser auf ihn: „Schwöre mir ewige Liebe, schwöre mir, nie wieder eine andere zu lieben, sonst ...“

Dabei lächelte sie geheimnisvoller noch als die Mona Lisa und schloss verzückt ihre blauen Augen. Als kein Schwur, wie von ihr erwartet, aus seinem Munde kam, da erschrak sie und öffnete ihre schönen blauen Augen wieder. Und wollte abdrücken. Er begriff, dass sie es ernst meinte, sprang auf sie zu und versuchte, ihr die Pistole zu entwenden, was ihm nicht gelang.

Sie rangelten und wälzten sich beim Kampf um die Waffe in wildem Staccato vor dem Bett, stürzten zu Boden, noch immer ineinander verkrallt, ein jeder wollte die Mauser an sich bringen, um das Spiel nun zu beenden. Er konnte sich dann schließlich aus der Umklammerung befreien, stieß sie heftig von sich und erschrak, denn nicht er, nein, sie hielt die Mauser noch immer in ihrer rechten, zitternden Hand, zielte erneut auf ihn, forderte ihn auf, nun endlich zu schwören, dass er nur sie liebe bis ans Ende seiner und ihrer Tage.

Er lachte schallend, schüttelte verneinend und trotzig den Kopf, war dann aber selbst überrascht, als er sich plötzlich sagen hörte: „Ohne deine Liebe bin ich des Todes, will länger ich nicht leben in dieser so lichtlosen Zeit." Merkwürdigerweise fühlte er sich in diesem Augenblick nicht wie ein strahlender Held, sondern eher wie eine tragische, wie eine lächerliche Figur, was ihm missfiel, passte dieses Bild doch nicht zu der Welt, in der sich seine gigantischen Bühnengestalten bewegten.

Dabei vernahm er, erdenfern und doch ganz nah Gustav Mahlers himmlisches „Adagietto".

Gott selbst, so ging es noch klar durch seinen Atheisten-Kopf, muss Mahler diesen genialen Satz Note für Note und Takt für Takt diktiert haben, denn kein Mensch kann eine solche himmlische Musik in sich selbst finden und aus sich heraustönen lassen.

Sie lächelte, Mona Lisa nun ad absurdum führend und war, was er staunend bemerkte, in diesem Augenblick schöner noch als alle griechischen Göttinnen zusammen. Dann kniete sie vor ihm nieder, küsste seine Hände und verlangte mit zärtlicher, lockender Stimme zwischen Küssen, Tränen und Seufzern und ihn wild umklammernd: „Tu es, lass mich wissen, dass du mich, nur mich liebst, beweise es mir, schwöre, dass du keine andere mehr lieben wirst, nur mich, nur mich."

Berauscht durch das Leeren mehrerer Flaschen Champagner, seiner Sinne längst beraubt durch die Hitze und der emotionalen Dramatik der bisherigen Nacht und dennoch überzeugt davon, dass alles ja nur ein Spiel war, von ihm selbst als Regisseur erdacht und glanzvoll in Szene gesetzt, ohne dabei sein Leben als Hauptdarsteller ernsthaft in Gefahr zu bringen, so war er nun bereit zu schwören und auch bereit zu sterben: „Ich schwöre dir ewige Liebe und Treue bis zu meinem Tode."

Mit zitternden Händen und mit weit aufgerissen Augen übergab sie ihm wortlos die Mauser, gerade so, als würde sie ihm die heilige Hostie zum ersten und zum letzten Mal reichen. Er erhob sich vom Bett, lächelte ihr noch einmal zu, küsste sie fest erst auf den Mund, dann auf die Stirn, nahm wieder Platz auf dem Bettrand und setzte den Lauf der zuvor entsicherten Pistole ganz ruhig an seine rechte Schläfe, schloss die Augen und drückte ab.

Ein dumpfer Knall, ein kleiner Blitz zugleich, er fiel in ihre Arme, etwas Nasses, so spürte er es mit großer Wonne, lief von seiner rechten Schläfe über seine Wange und Hals heiß an seinem Körper hinunter, färbte das Laken und den weißen flauschigen Teppich vor dem Bett blitzschnell rot. Er bekam noch mit, wie Gustav Mahlers geniales „Adagietto" sich plötzlich in ein dissonantes, grässliches Fortissimo verzerrte, das schmerzhaft in seine Ohren drang und dann abrupt verstummte.

Der Schuss zerfetzte seinen Kopf. Dann trat eine unheimliche Stille ein. Sie umklammerte ihn, wollte schreien, alles ungeschehen machen, doch kein Laut kam über ihre zitternden Lippen. Sie stand wie erstarrt, vermochte nicht zu glauben, was sie da sah, dann riss eine Ohnmacht sie zu Boden.

Zu spät, viel zu spät durchschaute er das doppelbödige Spiel seiner wunderschönen und so grausamen Gespielin. Er hatte aufgehört zu sein, seine Seele entfloh aus seinem Körper, er fühlte sich plötzlich schwerelos, so leicht und so frei wie eine Schwalbe, breitete seine Flügel aus und flog davon.

„Warum, warum nur hast du das getan?", so hörte er eine ihm sehr vertraute Frauenstimme am Fußende seines Grabes: „Bitte, verzeihe mir, das habe ich doch nicht gewollt!"

Er schaute auf und erblickte sie, in deren Armen er verschied, es war die Stimme jener Frau, die ihm das Leben raubte, die ihn dazu verführte, sich selbst zu töten. Sie schaute mit ihren verweinten, trotz Tränen im schönsten Blau erstrahlenden Augen liebevoll zu ihm herab, von großem Schmerz gequält, er sah, wie sehr sie litt, ihre Tränen, das glaubte er zu fühlen, sie waren echt, ihr Schmerz und ihre Anteilnahme kein falsches Spiel mehr. Und er konnte sie nicht trösten. Ihr Todeskuss lag noch immer auf seinen erstarrten Lippen, heiß und eiskalt zugleich.

Das Leben ein Traum nur?

Sie wollte Abschied von ihm nehmen, es sollte ein Adieu für immer sein. Das berührte ihn. Sie ließ ihn aber auch unausgesprochen in ihrem Schweigen wissen, dass sie dennoch mit Lust die Kugel, die eine Patrone war, in der Teufelsschlucht verletzter Eitelkeit und Eifersucht geschmiedet hatte, den Schuss wohl tausendmal als Liebende und als Rächerin genießend, sich dabei nicht in Schuld verstrickend, denn er war es ja, der dieses Spiel ersann und es genüsslich beendete. Ist nicht ein jeder für sein Tun selbst verantwortlich?

Sie warf ihm einen verführerischen letzten Blick zu und ließ dabei diskret eine langstielige rote Rose auf ihn fallen, die er geschickt auffing, wobei er sich leicht verletzte, da ein spitzer Dorn in den Zeigefinger seiner rechten Hand eingedrungen war und sich einen Blutstropfen geholt hatte, was ihn für einen Moment glauben ließ, dass er überhaupt gar nicht gestorben und noch am Leben sei.

Sie weinte, dann wandte sie sich ab und ging schluchzend, doch mit energischen Schritten fort.

Er schaute ihr nach und sah, wie sich in einiger Entfernung ein Männerarm liebevoll um ihre Schultern legte, er glaubte noch ein verhaltenes Lachen aus ihrem so schönen Munde zu vernehmen, dann entschwand das Paar im Dunkel der über Timmendorf herein brechenden Nacht.

Das Leben, so ging es ihm durch den Kopf, es geht einfach weiter und schaut nicht zurück.

Ja, so soll es sein.

Dann fiel der samtene Vorhang des Vergessens über alles, was einmal gewesen und was aus ihm danach geworden war, Gewissheit über die Vergänglichkeit allen Lebens strömte immer heftiger in ihn hinein. Er schwelgte im höchsten Glück und hörte jetzt nur noch vereinzelt Stimmen, er empfand sie als schrill, hektisch, wesenlos, sie glichen mehr einem sinnentleerten Stottern, das keine Fragen stellte und Antworten nicht brauchte, herzlose Töne aus einer eisigen Welt, die schon lange nicht mehr seine Welt gewesen war.

Es fröstelte ihn.

War dieses Stottern etwa die Sprache, die auch er einst sprach und die er jetzt bereits verlernt und vielleicht auch niemals verstanden hatte?

Er wusste es nicht.

Dann war das Trauerspiel vorüber. Er schaute auf ein riesiges Meer von Blumen und teuren Kränzen. So viele Blumen hatte er zu Lebzeiten niemals erhalten und auch nie auf einem Grab erblickt. Es hatte ihn also wirklich gegeben.

Aber wer war er eigentlich, hatte er sich diese Frage jemals zuvor wirklich auch nur ein einziges Mal ernsthaft gestellt?

Er sah ein, dass er in seinem augenblicklichen Zustand, noch viel zu sehr erregt von seinem eigenen Tod, vom Begräbnis und dem ganzen rituellen Drumherum kein ernsthaftes Zwiegespräch mit sich aufnehmen konnte.

Er beschloss, es am späten Abend noch einmal zu versuchen und machte sich auf den Weg zum „Holsteiner Hof", in dem er einen Saal für den Leichenschmaus angemietet hatte.

Er traf an diesem ehrwürdigen, so traditionsreichen Ort ein, als die Champagnerkorken bereits knallend durch den Raum flogen und die Trauergemeinde, jede Art von Tod und Todesgedanken hinter sich lassend, recht vergnügt und sinnenfreudig mit der Plünderung des üppigen Buffets begonnen hatte, das Leben preisend.

Vergebens hielt er Ausschau nach seinem Freund Knut, er fand ihn nicht.

Hatte es ihn vielleicht gar nicht gegeben, war auch er nur eine an ihm vorüber gehuschte Spukgestalt oder eine ihm vertraute Figur aus einem fernen, bereits vor vielen Jahren hinter sich gelassenem Leben?

Es wurde ein rauschendes Fest. Bekannte und weniger bekannte Herren und grell geschminkte Frauengesichter, die ihm nochmals ihr „aufrichtiges Beileid" aussprachen, sie alle glitten wie entseelte Schemen lautlos in verräucherter Luft an ihm vorüber, ein jeder krallte sich an immer wieder rasch aufgefüllten Champagnergläsern fest und suchte, so schien es ihm, über den Umweg des Rausches verzweifelt seinen Weg in eine ungewisse Zukunft.

Zukunft, was ist das?

Ist es simple Fortsetzung von Vergangenheit und von nicht gelebter Gegenwart?

Und sein Leben, so fragte er sich inmitten des Trubels, was ist es gerade in diesem Augenblick, was ist es zuvor gewesen?

Es war, so hörte er eine Stimme in ihm klingen, alles doch nur ein Spiel, er selbst war der Regisseur darin und der virtuose Jongleur und der Spielball zugleich, vom Schicksal heftig hin und her geschubst, er war es auch und nicht sein Freund Knut, der die Totenrede gehalten hat, nachdem er zuvor in dessen Gestalt geschlüpft war, er war auch die kleine tödliche Patrone, die an seiner rechten Schläfe ins Kopfinnere eindrang, in Sekundenschnelle ein Mannesleben und Millionen Träume damit auslöschend.

Was war denn Einsteins revolutionäre Relativitätstheorie gegen diese dramatische Realitätsdeformierung?

So sehr er sich auch bemühte, er fand einfach keine Antworten auf die vielen, ihn so verstörenden Fragen nach Ablauf dieses aufregenden Tages. Die „Trauerfeier mit Leichenschmaus" war inzwischen zu einer wilden und langsam aus den Fugen geratenen Orgie geworden, was ihn anwiderte.

Nein, das war seine Welt nicht mehr. Gegen Mitternacht setzte er sich in seinen Wagen und wollte Timmendorf verlassen.

Da fiel ihm plötzlich ein, dass er ja noch eine Verabredung auf dem Friedhof einlösen musste, um das am Nachmittag begonnene Zwiegespräch mit dem Anderen wieder aufzunehmen. Es ging ihm jetzt nur noch um die Beantwortung der Frage, warum das Schicksal ausgerechnet ihn dazu bestimmt hatte, den Anderen zu überleben.

Er war nicht sehr glücklich darüber, der Sieger in diesem rätselhaften Spiel geworden zu sein, zumal es keinen endgültigen Beweis dafür gab, dass er wirklich der Sieger war.

Wie auch immer, das Leben, sein Leben ging weiter, das Leben des Anderen war nun beendet.

Absurde Gedankenspiele: Vielleicht hatte es das Leben des Anderen und auch das seinige überhaupt nie gegeben?

Er wusste es noch immer nicht.

Es hatte derweil heftig zu regnen begonnen, leichte Sommernebel krochen gespenstisch über die menschenleeren Straßen von Timmendorf.

Und das Gespräch am Grab des Anderen?

Es musste ja nicht unbedingt heute sein, so beruhigte er sich und fuhr mit hoher Geschwindigkeit in jene millionenfüßige Stadt zurück, aus der er vor zwei Jahren geflohen war.

Am darauf folgenden Morgen informierte die größte deutsche Boulevard-Zeitung ihre Millionen Leser ausführlich und mit vielen farbigen und großformatigen Fotos über den plötzlichen Tod eines der bekanntesten deutschen Schauspieler und Theaterregisseure des 20. Jahrhunderts, der mit seinem Sportwagen auf nächtlicher Fahrt von Timmendorf nach Hamburg in der Nähe von Lübeck verunglückt war.

Zwei Tage später gab es in vielen deutschsprachigen Gazetten bewegende Nachrufe von Freunden und Kollegen zum Tode dieses Ausnahmekünstlers, bei dem es sich um den Zwillingsbruder eines Filmemachers handelt, der einst nach Amerika

ausgewandert war, in Hollywood unter anderem
Namen Karriere gemacht, dort zu Weltruhm gelangte und sich im Jahre 1989 mit Hilfe einer kleinen, silberfarbigen Pistole aus der Waffenschmie-
de von Mauser aus dem Leben geschossen hatte.
Die genauen Umstände, die zu dem tödlichen Unfall auf regennasser Straße führten, so erklärte die
Lübecker Polizei in einer ersten Stellungnahme,
stünden zum gegenwärtigen Zeitpunkt noch nicht
fest, erst weitere Untersuchungen könnten möglicherweise neue Erkenntnisse über die tatsächliche
Unfallursache erbringen, doch ersten Untersu-
chungsergebnissen zufolge könne aber auch nicht
gänzlich ausgeschlossen werden, dass der Schauspieler absichtlich gegen einen Baum gefahren
war.

Zu dieser überraschenden Einschätzung des Un-
fallhergangs kam die Polizei, nachdem sich ein
Lastwagenfahrer (der das Foto des Toten in einer
Zeitung entdeckt hatte) als Zeuge gemeldet hatte,
der angab, in der fraglichen Unfallnacht zufällig
mit dem ihm unbekannten Mann auf einem Rast-
platz eine Zigarette geraucht und ein flüchtiges
Gespräch geführt zu haben, in dem dieser zu ihm
gesagt haben soll (was dem Zeugen etwas merkwürdig vorkam), dass er sich mit seinem verstorbenen Bruder endlich versöhnen wolle und sich in
der heutigen Zeit und in der täglich grausamer
werdenden Welt (an diese Worte glaubte sich der
Zeuge besonders genau erinnern zu können) nicht

mehr wohl fühle, sich nach einer anderen, besseren Welt sehne, er wisse nur nicht, wo sich diese andere Welt im Augenblick befinde.

Zur Trauerfeier zwei Wochen später im „Michel", diesem imposanten Wahrzeichen Hamburgs, und zur Beerdigung auf dem Ohlsdorfer Friedhof (letzte Ruhestätte für einige Dutzend berühmter Männer und Frauen aus drei Jahrhunderten) waren etwa neunhundert Freunde, Kollegen und Bewunderer aus allen Ecken Deutschlands, aus der Schweiz und aus Österreich nach Hamburg gekommen, um von dem großen Theatermann Abschied zu nehmen.

Seine Grabstelle befindet sich nur wenige Meter vom Grab seines im Jahre 2002 verstorbenen Regie-Kollegen und Freundes Rolf. H.

Über den Autor

Axel Michael Sallowsky (Jahrgang 1939), Lebenskünstler und Weltenbummler, war in vielen Berufen tätig: Seemann (brachte es bis zum „Leichtmatrosen"), klassischer Liedersänger und Chansonnier (schrieb über 100 Chanson-Texte, fast alle selbst vertont), trat damit auf in Hamburg (Opera Stabile, Kleine Musikhalle), in Berlin, München, Bremen, Wien, New York und anderen Orten, arbeitete als Fotograf, mehrere Jahr als Dramaturg und Regisseur an Theatern (Trier, Hildesheim, Saarbrücken und Köln), war über vierzig Jahre als Kultur-Redakteur an diversen Tages- und Wochenzeitungen tätig (WELT, Welt am Sonntag, Rheinische Post, Deutsches Allgemeines Sonntagsblatt, Hamburger Morgenpost u.a.), gründete und führte eine Kunst-Galerie in Hamburg (AMSA-Galerie, 1987 – 1998), lebt seit 2009 als freier Schriftsteller in einem südfranzösischen Dorf an der Grenze zur Provence (zusammen mit der Schriftstellerin Gerda Wittmann-Zimmer), beendete kürzlich seine Lebenserinnerungen („Treibgut nur im Strom der Zeit"), schrieb u.a. einen 20teiligen Gedicht-Zyklus („Und überall ist Glück – Liebeslieder aus dem Midi", von Olga Besati ins Französische übersetzt), verfasste ein halbes Dutzend Novellen. Zwei von ihnen („Das Mittel" und „Plötzlicher Tod in Timmendorf" befinden sich unter dem Titel „Und alles ist nur Illusion" in dieser Ausgabe. Zur Zeit arbeitet der Autor an zwei Romanen („Der Kreidefresser" und „Der Zwerg"), hin und wieder gibt er (am Klavier begleitet von seinem Hamburger Freund und „Hauspianisten" Manfred Bergunde) auch heute noch Konzerte als Liedersänger (Schubert, Schumann, Brahms) vor allem in seiner Wahlheimat Südfrankreich.